軽い気持ちで替え玉になったら
とんでもない夫がついてきた。1

奏多悠香

Haruka Kanata

レジーナ文庫

ジュール・
シルヴァスタイン
旦那様。
領民に慕われている
領主だが、なぜか
妻のことになると
言動が暑苦しくなる。
レティーシア
奥様。旦那様から
逃げるため、リーを
替え玉に仕立てる。
主な
登場人物
リー
その日暮らしの花売り少女。
お金持ちの奥様に頼まれて
替え玉を演じることに。
とてもマイペースで明るい性格。
花売り時代のリー

アルフレッド
お屋敷の執事。
無表情で実は腹黒。
トマ
お屋敷の侍女。
リーが替え玉で
あることを
唯一知っている。
セバスチャン
レティーシアの仕立屋。
腕は良いが
遠慮のない性格。
スタイルズ
青年将校。
レティーシアの恋人と
噂されている。
ローザ
リーが舞踏会で出会った少女。
内気でめったに
人前に出なかったが……？

目次

軽い気持ちで替え玉になったら
とんでもない夫がついてきた。
1

プロローグ　出会い

抜けるような青空に、白い羊雲がふわふわと流れてゆく。

穏やかな冬晴れの空から明るい光が降り注ぐこの場所は、シルヴァスタイン領の中心街だ。

目抜き通りに小さな店が看板を連ね、戸口には赤や黄、紫といった色とりどりの花が並ぶ。東西にのびる石畳の道はなだらかな上り坂で、坂のずっとずっと先は緑の丘。

穏やかな昼下がり、道行く人々の表情は楽しげだ。馬車が優にすれ違えるほど幅の広い道には着飾った人々があふれ、あちらこちらで店のドアを開けるカランカランという鐘の音が涼やかに響きわたる。「まいどあり！」という店主の威勢のよい声、通りから店の中を覗き込む人々の笑いさざめく声、駆け回ってはしゃぐ子どもたちの明るい声——辺りは音と色彩に満ち満ちていた。

そんな賑やかな大通りから脇道を入って少し行ったところに、もの寂しい小さな道がある。煉瓦造りの建物に挟まれているせいでほとんど陽が差し込まず、昼間だというのに薄暗く湿っぽい。

その薄暗い道の真ん中で、ひとりの少女が声を張り上げていた。

「お花！　きれいなお花はいりませんか？　お土産にどうですか？」

その手に握られた花は、どれもすでにしおれきっている。少女はそれをなんとか生き生きと見せようと、頭の上に抱え上げてファサファサと振った。だが朝に摘まれたのであろうその花は、昼過ぎの今、命が燃え尽きる寸前といった風情だ。クタリクタリと揺れる姿はどこか哀れみを誘う。少女もそのことに気づいたのか、花を下ろすと小さなため息をついた。それに呼応するように、ぐう、と少女の腹が音をたてる。

歳のころは十代半ばといったところだろうか。みすぼらしい服を身にまとい、石畳の上を歩くはだしの足はひどく汚れて黒ずんでいた。腰まで伸ばされた栗色の髪の毛はくしゃくしゃともつれ、ところどころに小さな葉っぱがくっついている。彼女の姿は色彩の乏しいこの裏通りにすっかり溶け込んでいた。

ただモノクロの通りに、鮮やかに浮かび上がるものが二つ。

小さな手に握られた真っ白な花と、少女の緑色の瞳だ。その瞳は子どものように澄んで、きらきらと輝いている。

再び少女の腹がぐぅと鳴り、彼女は腹をぎゅっと掴んで口元を引き結んだ。よほど空腹なのだろう。ゆるゆると何か探すように緑の瞳をさまよわせてから、諦めの色を浮かべた。

そして少女は、先ほどより幾分力を失った声を上げる。

「お花！　いりませんか？」

一本向こう側の賑わった通りならばともかく、この裏路地には少女と同じような姿の人がぽつぽつといるくらいで、手土産に花を買おうという余裕のありそうな人など歩いていない。

こういう場所でうまく生きのびていくには知恵がいる。しかし、少女はただ真っ正直に、一生懸命に声を張り上げるだけだ。

そんななか、少女に視線を向ける人物がいた。まさに先ほどの大通りにいそうな風体のその女性は、少女を見つめながら、隣に立つ女に耳うちをする。ショールを頭からかぶっているので顔はよく見えないが、おそらく高貴な人物なのだろう。上等な服を身にまとい、指先まで洗練された仕草はこの寂れた道には不釣り合いに華々しく、気品に満ちている。

女性は傍らの侍女らしき人物とひそひそ言葉を交わし、しばらく花売りの少女を遠巻きに眺めていたが、やがて意を決したように少女のほうへ近寄った。

「あの……」

ひかえめにかけられた声に、花売りの少女は満面の笑みで振り返る。

「いらっしゃい！　お花いかがですか？　いりますよね？　声かけたんだから、買いますよね？」

押し売りのような文句に女性は一瞬たじろいで、わずかに身を引いた。しかし、その場を去ろうとはせず、隣にいた侍女に話しかける。侍女は頷いて、懐から財布を取り出した。

途端に、少女の緑色の瞳が輝く。

「あ、ほんとに買ってくれるんですか」

少女はニコニコと人のよい笑みを浮かべ、小さな手を差し出した。ひどく荒れた指先は、土で汚れている。

「この花、もう結構しおれちゃってるから、安くしときますよ。どうせ売れ残りだし」

せっかく掴んだ客だというのに、花売りの少女はそんなことを言った。

にもかかわらず、侍女が財布から取り出したのは、少女が目にしたこともないくらいの高額紙幣だ。しかも、新札である。

少女は紙幣を穴が開くほどじっと見つめた。何度も瞬きをしながら、瞳を右から左へ動かす。隅に印字されている零の数を一つずつ数え、これがとんでもない額の金だと気づいたらしい。

少女は体が紙幣に触れないようにすっと後ずさった。

「いやいやいや！　そんなおつり持ってないし！」

まるで紙幣そのものが禍々しいといった反応だ。実際、少女にとっては得体の知れない恐ろしいものなのだろう。

「それであなたの人生を売っていただけませぬか」

どこかで聞いたことのある声がショールの中からし、少女はさらに後ずさる。

「ひ、人買いですか……いや、でもあたし阿呆だから……」

「人助けと思って、受けてはいただけませぬか」

人助け、というところに興味を持ったのか、それともショールの中から聞こえてくる声が自分の声とそっくりだということに気づいたせいかはわからない。少女は一瞬瞳を揺らして、すっと女性に近づき、覗き込むようにそのショールをめくり上げた。

「わぁっっ」

女性の顔を目にするなり、少女は思い切りのけぞる。その拍子に少女の手からくたびれた花がぱさりと落ちた。

花売り少女がこれほど驚いたのも無理はない。

なんたって、目の前に自分と全く同じ顔をした人間が立っていたのだから。

「わたくしとそっくりのあなたにしか、頼めぬことなのです」

ショールをめくられてもピクリともせず、女性は力のこもった瞳で花売り少女にそう言った。

その瞳もまた、少女と同じ緑色。

「わたくしの替え玉に、なってはいただけませぬか」

女性と少女の視線がゆっくり絡んだ。

四半刻の後。

「……と、いうことなのですが。わたくしのお話、ご理解いただけましたかしら？」

問いかけられた少女は、せわしなく動かしていた瞳をひょいと戻し、目の前の女性を見つめた。

「うん！」

少女は元気に答える。

少女が立たされている場所は、路地裏のさらに奥にあるひどく寂(さび)れた小さな家の中だ。もう随分長いこと人が住んでいないのだろう。ぎいと耳に痛い音をたてて開く扉も、床に積もった分厚い埃(ほこり)も、カビくさい空気も、すべてが生活の気配を感じさせない。

「それでは、お引き受けいただけるのですね？」

女性は少女の全身を値踏(ねぶ)みするように何度も眺(なが)め、そう聞いた。

「うんうん！」

二つ返事とはこのことか、というほどあっさりと少女は頷(うなず)く。

すでにその手には、あの高額紙幣が握られている。もっともそれは少女が受け取ったわけではなく、いつのまにやら握らされていたものだ。少女は自分とそっくり同じ顔をした女性を前に、ただただあっけにとられていただけなのだから。侍女らしき女が少女を引きずってこの家に連れ込む道中で、手の中に滑り込ませたのだ。

少女をぼろ家に引っ張り込んだ手際のよさといい、この家に予(あらかじ)めいくつかの荷物が運び込まれていたことといい、一連の出来事が突発的になされたものとは思われない。どうやらこの女たちは街で偶然に少女を見かけて声をかけたのではなく、事前に周到な用意をしていたらしい。

「それではとりあえず、これでお顔をお拭(ふ)きくださいまし」

女性は少女にハンカチを差し出した。

「え、いいんですか、こんなきれいなハンカチ」

真っ白なハンカチの縁（ふち）には優美なレースが施（ほどこ）され、隅（すみ）にはイニシャルらしき飾り文字が金糸で刺繍（ししゅう）されている。それは決して善意ではなく、自分の替え玉に仕立て上げる少女の顔が泥で汚れていては困るという理由からだったに違いない。

しかし、この少女ときたら、ニコニコと笑いながら何度もお礼を言ってハンカチを受け取るのだ。嬉しそうにそれを広げると、力強くゴシッと顔を拭いた。三角形に畳（たた）んだハンカチの先っちょでそっと拭くのではなく、広げてゴシッである。

ハンカチをそんなふうに使う人をはじめて目にした女性は数度瞬（まばた）きをし、それから一度強く目を閉じた。そして何やら口の中でひとりごち、心を決めたのか目を開く。

少女はまだゴシゴシと顔をぬぐっていた。女性はようやく目の前の光景が見間違いでも夢でもないことを受けいれたらしい。自分を納得させるように数度頷いた。

それから女性は誰もいない空間に向かって「トマ、頼みましたよ」と小さく呟（つぶや）く。どうやらとんでもないことを頼まれてしまった不幸な人がいるようだ。

少女はなおもゴシゴシゴシゴシと顔を拭き、丁寧に鼻の中までぬぐってから、ようやく「きれいになった?」と言って顔を上げた。

「え……」

ええ、と答えるつもりだったのであろう女性は、泥の下から現れたその顔を見るなりずずいと少女ににじり寄った。鬼気迫る形相だ。美しいがゆえに、目をおっ広げるとなかなか迫力がある。

少女のほうは、自分とそっくりな人が顔を近づけてくることに感動を覚えたのか、身を引くでもなく、目を輝かせ女性の顔に見入っている。

同じ顔の人間が顔を突き合わせている光景というのは傍から見ると不思議なものだ。一方が薄汚れていて他方がきれいな格好をしているせいで、変身前後の比較図のようである。

「あなた、随分と肌がおきれいですのね」

少し悔しそうに女性が言った。

たしかに少女の顔は非常に艶やかである。

「え？　そうですか？　やっぱし顔はちゃんと二日に一回くらい洗ってるからかな！」

美肌の秘訣が語られるかと思いきや、その口から飛び出したのは衝撃の告白であった。

二日に一回というのも衝撃的なのに、「くらい」というアバウトな表現に、「ちゃんと」という驚きの副詞までつけられた少女の言葉はすさまじい破壊力だ。

少女を着替えさせるため、服に手をかけようとしていた侍女が数歩後ずさったのも無理はない。顔は二日に一回である。体のほうはこれいかに、と。手軽に洗える顔よりも、服を脱がなくてはならない体のほうを頻繁に洗っていることはあるまい。いくら季節が冬でも接近戦はご辞退申し上げたいところなのであろう。

　女性はそんな侍女のためらいに同情する様子はない。眉の動き一つで侍女に仕事を促した。ちなみに自身は、ちゃっかり少女と距離を取りつつ、である。

「馬車を待たせているので、時間がありませんのよ。急いで準備をなさい」

　女性は少女と距離を保ち、ツンと言い放つ。有無を言わせない言葉に侍女は頷き、少女の服に手をかけた。少女の肌に触れぬよう細心の注意を払っているらしく、小指がピンと立っている。侍女は少女の洋服を両手の親指と人差し指でつまむと、引き裂くようにはぎ取った。

　ビリッと乾いた音が響き、少女が驚きの声を上げる。

「うわっ寒っ」

　服を突然ひん剥かれた少女は慌てて体を丸めた。

　この寒い季節に服を脱がせるなんて、とてもじゃないが人の子とは思えぬ所業である。

　もっとも少女は単に驚いただけでその行為に腹をたてることはなく、寒そうに肩を抱え込んだまま侍女を見た。

侍女は家の中に予め置かれていた荷物をごそごそと探り、何かを取り出そうとしている。

その間も女性は背筋をピンと伸ばし、少女をじろじろと眺めていた。いったいどちらが頼みごとをしているのかよくわからなくなるほどの堂々とした態度だ。

「うわぁ」

侍女が包みから出したものを見るなり、少女は嘆息した。それは賑やかな大通りを歩く人々が着ていたどの服よりも美しい、見事なドレスだ。

「あれ？　これ、あの人が着てるのと、ちょっと似てない？」

少女が侍女の手にあるドレスと女性の着ているドレスを交互に見ながら言った。

ちょっと似ているのではない。結構似ているのでもない。全く同じだ。

少女が「これ中に何が入ってるの」と聞いたほど大きなふくらみのある袖口も、体に沿った曲線を描く身頃も、腰の辺りからブワリと広がるスカートも、裾に施された優雅なレースも。すべてが同じだった。

まぁ、当然といえば当然である。女性が出かけたときと違う服装で帰ってきたら、さすがに家の人々も何かおかしいと気づく。本物が着ていた服を脱いで替え玉に着せればいいのだが、この女性は自分のドレスを脱ぐのが嫌だったのだ。そんな理由で全く同じ服を二着用意するなんて、なんともご苦労なことである。

　侍女は黙々と少女の瘦せこけた体をたっぷりの布で覆い隠していった。

「悪くないわね」

　女性は満足げな表情で、扇を広げてばっさばっさと自分を扇ぐ。季節は真冬、もちろん暑いはずがない。この扇は涼をとるためではなく、その意匠からセンスや家柄を見せつけるためのものだ。

「よかったわ、サイズがちょうど合うようで」

　ドレスはあつらえたのかというほど少女の体にぴったりだった。もっとも、この女性は気づいてしまったようだ。コルセットでぎゅうぎゅうに締めつけた自分の体と、ただの布きれ下着を身に着けた少女の体が同じサイズだという残酷な真実に。

　女性は片眉をきゅっと吊り上げ、口元を扇で隠す。

「あなた、ダイエットはどのようになさって？」

　ピリリとした空気を漂わせ女性が問うと、少女は「え？　ダイエットって何？」と聞き返した。

「その体型を維持するためにどのようなことをしているのか、と問うておられるのよ」

侍女が少女の背中に回ってリボンを結びながら答えると、少女はぽかんと口を開けた。

「あたし？　うーん、一生懸命食べ物を探す以外にってこと？」

「一生懸命食べ物を……」

やはり食べ物が鍵なのね、体によい食べ物をとるように心がけなければならないのね、と女性はひとりごちたが、少女の意味するところがそんなものでないのは明らかである。世の中には体型を維持するために食事を減らす人間もいれば、生きるために必死で食べる人間もいるのだ。

だが少女も女性も、互いの会話がすれ違っていることに気づいていない。

女性は納得したように「痩せる食べ物を探させなければ」と呟き、少女は少女で「ほかに何かあるかなぁ……水を飲むとか？」と思案する。

それにしても、この女性、「探さなければ」でなく「探させなければ」と言った。その一音の違いが、やんごとなき身として甘やかされていることをよく表している。

少女と女性が会話にならない、互いに一方通行のおしゃべりに興じている間も、侍女は一心不乱に作業を続けた。スカートをめくり上げ、下にそのふくらみを保つための下着を幾重にも着せる。紐を交差し、結び、また結び、裾を整え、締めつけ、リボンを結ぶ。一切無駄がない動きは見事だ。

少しして、侍女は少女から一歩、二歩と離れた。腰に手を当て、少女の全身を眺めて満足げな表情をする。

「ますます、そっくりになったね」

少女はドレスと手袋で隙間なく覆われた自分の体を見下ろしながら言った。

たしかに、同じドレスを身につけた今、少女と女性の首から下は同一人物といって差し支えない。首から上が同じに見えないのは、少女の化粧をしていないすっきりとした顔と、ぐしゃぐしゃの髪のせいである。

「髪を結って化粧を施しますから、こちらにお座りください」

そう言われ、少女はガタついた椅子に腰を下ろした。

長いこと櫛を通した形跡のないもしゃもしゃの髪を櫛で梳かれる間、少女はおとなしく座っていた。侍女の所作は少女の髪を梳こうとしているのか、引きちぎろうとしているのか見分けがつかないほど乱暴である。少女が「あたたたたたー」と軽い痛みしか訴えないものだから、侍女はぐいぐいと髪を梳いた。そして、どうしてもほどけない毛先の絡みは、そこだけちょん切るという極めてシンプルな方法をとる。髪の櫛通りがよくなるのと並行して、少女の周りに短い髪の毛の塊が積み上がっていった。

「全く、頑固な髪の毛だわ……！」

侍女はさも大変そうに嘆いたが、大変なのは少女のほうである。髪を引っ張られ、ちょん切られ。

それなのに少女は文句を言うどころか楽しそうに笑っていた。傍らで見ていた女性が「あなた、もう少し賢そうな顔はできませんの?」と聞きたくなった気持ちもわからないではない。

最後に侍女が髪に香油を擦り込み結い上げると、少女の細くて白い首筋が露わになった。

「首がスースーする」

そう言いながらも、少女は完成した髪型が気に入ったらしい。女性に「似合う?」と聞いて「当たり前でございましょう。わたくしと同じ髪型なのですから」というありがたいお言葉をもらった。

「次はお化粧ですわね。あまり時間がないので、急がなくては」

侍女はそう言って、少女の肌を見つめる。そして少女の肌がつやつやなのをいいことに、「下地と白粉はいりませんわね」と、素肌の上に色を乗せていった。これまで化粧をしたことがなかった少女はくすぐったそうに顔をゆがめ、そのたびに侍女に「お顔を動かさないで!」と叱られた。

こうしてできあがった少女の姿は、どちらがどちらだか見分けがつかないほど女性にそっくりだ。

女性は少女の姿を満足げに眺め、顎をツンと持ち上げて言った。

「それでは、わたくしたちはここで失礼いたしますので。御者に何か尋ねられたら『ええ』と答えるのですよ。屋敷に行けばトマという侍女が面倒をみてくれますからね」

「はぁい」

「『はぁい』ではなく、『ええ』と」

「あ、はい」

「『はい』ではなく……」

「ええ」

「……よろしいわ。それでは参ります。もうお会いすることもないでしょうけれど、お元気でね」

女性は再びショールで顔をぎっちりと隠し、優雅にぴらりと手を振って、侍女を伴い少女のゆく道とは反対側に向かって歩き出した。

少女はというと、言われたとおり大通りまで歩き、止まっていた馬車にゆっくりと近づく。すぐに御者がひとりで立つ少女に気づき、恭しく礼をしながら問いかけた。

「奥様。実家に戻られる侍女のお見送りは無事終えられましたか？」

少女は御者（ぎょしゃ）を見上げる。御者の向こうには、青い空。狭い路地から見える小さな空と違って、それはどこまでも広く、どこまでも高い。

「ええ」

「それはよかった。お屋敷にお戻りになりますか？」

少女は眩（まぶ）しそうな表情で微笑（ほほえ）んだ。

「ええ」

「では、お乗りください」

「ええ」

「途中お寄りになる場所はありませんか？」

「ええ」

女性の言いつけどおりに「ええ」を連発し、少女は馬車に乗り込んだ。

御者が「途中お寄りになりたい場所はございますか？」と聞いていたら「ええ」という答えではややこしいことになっていたのは間違いない。そうならなかったのは幸いだった。そんな幸運に恵まれ、馬車に乗り込むときに踏段（ステップ）に裾（すそ）が引っかかったという小さなハプニング以外は何一つ問題なく、少女を乗せた馬車は無事に帰途についたのである。

ガラガラと音をたてて進む馬車の中はさっきのぼろ家とはうって変わって美しく、少女は感激して声を上げた。内壁は触り心地のよい布で覆われ、座面は赤のベルベットという豪勢な作りだ。

馬車はゆっくりと石畳の道を抜け、緑の丘を上ってゆく。

傍目には優雅だが、いざ乗ってみると馬車の乗り心地は案外悪いらしく、少女ははじめのうちそわそわと落ち着かなかった。痛む尻をなんとかしたかったのだろう。しかし、朝からずっと声を張り上げて疲れていたのか、馬車の揺れのせいか、器用に尻を浮かせたまま少女はことりと眠りに落ちた。

馬車が目的地に着いたのはそれから半刻ほどあとのことだ。馬車の扉を開けた御者は、そこに座る女性の常ならぬ様子にとまどった。ふんわりとしたドレスのおかげで彼女の尻が浮いていることには気づかなかったようだが。

御者は何度か瞬きを繰り返し、女性を見つめた。しかし、ぼろ家で大変身を遂げた花売りの少女は元の姿を想像できないほどに美しく、あの女性そのもの。偽者であることになど気づこうはずがない。御者は「よほどお疲れのようだな」と自分を納得させ、ゆさゆさと少女を揺すった。

「奥様。到着いたしましたよ」

「おくさま……？」

自分にかけられた聞きなれぬ呼びかけをむにゃむにゃと復唱しながらうっすらと目を開けた少女は、わぁと一声上げて飛び上がる。ゴン、という鈍い音を響かせ、馬車の天井に頭をぶつけた。

気の毒なのは御者（ぎょしゃ）である。細い体を大いにのけぞらせて胸の辺りを押さえながら「お、奥様……驚かせてしまい大変申し訳なく……」と謝った。

どう考えてもこの御者のほうが驚かされている。

御者を見、自らの服装を見、馬車を見て、ようやく少女は自分の置かれている状況を思い出したらしい。「あぁ」とひとり気の抜けた声を上げ、御者の言葉を無視して扉からにゅっと体を突き出した。

「お手を」

御者が手を差し出すと、少女は慌てたように自分の手を体の後ろで組む。手に握ったままの高額紙幣を取り上げられるとでも思ったのか。いたずらが見つかった子どものような表情で御者を見つめ、誤魔化（ごまか）すようにニヘラと笑った。

それから膝を曲げて勢いをつけ、少女は馬車の踏段（ステップ）をぴょんと飛び下りる。淑女（しゅくじょ）たるもの、「ぴょん」という擬態語で表される所作などしてはならんというのに。

「お、奥様……」

御者はその様子に唖然とするが、聞こえてきた野太い叫び声に気をとられて、それ以上は何も言わなかった。

「おくさまーっ！」と、腹の底から声を張り上げているのは、馬車に向かって全速力で駆けてくる小太りの女性だ。

「奥様っ」

ぜいぜいとあえぎながらようやっと馬車の前にたどり着いた女性は、汗だくの手で少女の腕を掴むと御者の前からさっさと掻っ攫った。

細腕の少女は小太りの女性に引きずられながら、御者にぴらぴらと手を振る。

「私にお手を振っておられる……？」

ぽつんと残された御者は何が起きているんだと首をひねりつつ、厩舎に収めるためぶるると鼻を鳴らす馬をなだめて、すぐ仕事に戻った。

掻っ攫われた少女のほうは、少し離れた木立で、小太りの女性と向き合って立った。

「奥様、ですか？　それとも……」

女性は少女の顔をじっと覗きこんだ。

「あ、わかった。おばさん、ポマさんでしょう」

そう言って少女がぽんと一つ手を打つ。

「トマ、です」

トマ、という名前は、あのショールの女性が少女に「面倒をみてくれますからね」と教えた人物だ。どうやらこの小太りのおばさんがトマであるようだ。

「はじめまして。あたし、リー！」

少女はトマの手を握ってぶんぶんと振った。手を引きちぎろうとしているように見えるが、これは少女にとって親愛の情をこめた握手であるらしい。力いっぱい上下に腕を振り、吃驚(びっくり)した相手が言葉を失っていることに気づかない。

「あ、あの……それでは、受けてくださったのですね。替え玉の話を。つまり、あなたはこれからレティーシア様として生きていくという……」

引きちぎられそうな手をなんとか少女から救い出し、トマは言った。

「ああ、あの人、レティーシアっていう名前だったんだ！　きれいな名前だねぇ！」

「ちょ……、こ、こちらへ！」

にぱっと邪気なく笑った少女に、事態は思っていたよりも難儀(なんぎ)だと気づいたトマは少女の腕を引っ掴(つか)んで木立を突っ切った。屋敷の階段を二段とばしで駆(か)け上がり、奥の奥のそのまた奥まった部屋に少女を引っ張りこんでドアに鍵を掛ける。それからようやくほーっと息を吐いたあと、ドアを背に、ずるずるとしゃがみ込んだ。

「あの、事情はご存じなのですよね……？」

しゃがみ込んだまま、疲れきった表情でトマが少女を見上げる。少女はきょろきょろと部屋を見回しながらこくこくと数度頷いた。

「うん。あの人は家出したい。けど、騒ぎになると困るから、あたしはあの人のフリをしてここにいればよくて、事情を知ってるのはここでは侍女頭をしているトマさんだけなんでしょう」

家出……フリ……間違ってはいない、間違ってはいないのよ……とトマはぶつぶつと呟きながら額に手を当てた。一方、リーと名乗った花売り少女は高額紙幣を陽にすかしてへらへらと嬉しそうに笑っている。

「ずっとこの家にいなくてはならないというのもお聞きになりましたか？」

「あ、ずっとなの？」

少女の返答にトマは瞼を開いた。

「お聞きになっていなかったのですか……？」

「うん。でもまぁ、今聞いたよ」

そりゃそうだが、期間とかそういうのは少女にとってどうでもいいのだろうか。替え玉というだけでかなりのワケあり感が漂っているのに、期間も知らずに引き受けるなんて、相当な愚か者か強者かのどちらかである。

「よろしいのですか……？」

「別にいいよ。あたし、ぼっろいところに住んでてさぁ。今の季節、寒いんだよねぇ。お腹も空いてたし、ちょうどよかった！　まさかこんなに大きいお屋敷に住めるなんて思わなかったけど」

　どうやら少女はラッキーだと思っているらしく、顔をほころばせた。それから両手を広げて「腕を伸ばしてもまだまだ余るくらい広いね！」と嬉しそうに言う。

愚か者と強者の二択では前者の色合いが濃そうだ。

「ずっと、というのは、ずっと、ですが？」

「うん、だって別にあたし、用事なんてないし」

「ご家族は？」

「いないよ。ひとりぼっちだもん」

トマは驚いた顔で、花売りの少女をじっと見つめる。

「ひとりぼっちなのですか？」

「そうだよ」

「その……いつから……？」

トマは聞きづらそうに尋ねた。

「さぁ。あんまり小さいときのこと覚えてないから」

少女はこともなげに、ひょいと肩を上げる。

「本当にいいのですね？」

「だってもうお金もらっちゃったからさ。ちゃんとあの人のフリするよ」

「そうですか。私もできるだけサポートいたしますので」

「うん、ありがと」

「それでは、まずは部屋着に着替えていただかなくてはなりませんね。ご希望のお色はございますか？　それとも、こちらでお選びしても？」

トマの言ったことが何一つ理解できなかったと見え、少女はぽかんと立ち尽くす。そんな少女の様子に、トマは外出着と部屋着の違いを懇切丁寧に説明し、少女の外出着を脱がせようとスカートの裾をたくし上げた。

そこで、トマは金切り声を上げた。長いスカートに隠れて見えなかったリーの足が恐ろしいほど汚いことに気づいたのだ。短時間であの女性そっくりに仕立て上げなければならなかったため、手だとか顔だとか、見えるところしか取りつくろっていなかった。

結局少女は風呂場に連れて行かれ、足の皮がひん剝けるほどの勢いで足を擦られた。しかし少女はそれを気にするふうでもなく、ときおり「痛い痛い」と言いながら目に涙をためたものの、きょろきょろと風呂場の装飾を観察して「きれいだねぇ」と平和な声を上げる。

たっぷりと時間をかけて色んな意味で一皮剝かれた少女は、若草色の部屋着を着せられ、部屋の中央にある豪奢な椅子に浅く腰かけた。その周りをトマがウロウロウロウロウロと歩き回る。

「こげ茶色の豊かな髪……深い緑色の澄んだ瞳……アーモンド形の目……小さい鼻……花びらみたいな唇……薄いそばかす……白い肌……きれいな鎖骨……細い指……」

呪文のように繰り返しながら様々な角度から少女を見つめ、ようやく満足したのか、トマは腕を組んで鼻息をふんと出した。

「うん、文句なしね」

「あの人、私とそっくりだったもんねぇ」

リーは頭の後ろをぽりぽりと掻き、間の抜けた声を出す。

「あとは、所作が……言葉遣いも……なんとかしなくては……」

頭痛を抑えるように額に手を当てて、トマは悩む。

ところがリーのほうは、その言葉を耳にした瞬間、すいと背を伸ばした。

「あら、わたくしもそれくらいはできましてよ？　トマはわたくしを随分みくびっているのね？」

少女が突如ツンと顎を上げて告げたので、トマは口をあんぐりと開けて、「え……奥様……？」と呟いた。

「あたしの唯一の特技はモノマネなんだよ。道でたくさんの人を見てきたから、色んな人のマネができるんだ」

少女は笑い、トマを喜ばせた。

喜んでいたのはトマだけではない。

豪壮なお屋敷の窓から見える庭園はそれはそれは広く、丁寧に刈り込まれた木々が立ち並ぶ様はずっと眺めていても見飽きることがないくらい美しい。呆れるほど大きなクローゼットを開ければ、あふれんばかりのきらびやかなドレスが並ぶ。その上、トマ以外の侍女や女中たちも「奥様、奥様」とちやほやしてくれるのだ。

ほんの数刻前まで大声を張り上げて花を売っていた少女には、天国のようだろう。少女は何度も自らの頬をつねり上げては嬉しそうに「痛い痛い」と声を上げ、笑顔を振りまいていた。

「替え玉って随分といいご身分！」

これがこの物語の、そしてすべてのはじまりだった。

1　旦那様のご帰還

リーがお屋敷に着いた翌朝。

大きな寝台で手足を存分に伸ばしてすやすやと眠っていた彼女は、侍女に優しく揺り起こされた。ぼんやりとしているうちに夜着をひん剥かれ裸にされても動じず、リーは楽しそうにニコニコと笑う。

花売りの朝はたいそう早い。自分で遠くの花畑まで行って花を摘んでくることもあれば、市場で馴染みの問屋に掛け合って安く売ってもらうこともある。そうして一日中、花を売り歩く。

リーも長らくそんな生活を送ってきた。

そこから一転、夜は手足を伸ばしてもはみ出ない寝台で爆睡し、朝は日がすっかり昇ってから目覚める。そうして、「奥様、今日のお召し物はどれにいたしましょうか？」と広げられた色とりどりのドレスの中から服を選び、「寝ている間に少し汗をかかれたようですから」とお湯を含んだ温かな布で全身を拭いてもらい、二人がかりで丁寧に服を着替えさせてもらう。そんなの、夢心地に違いない。

トマ以外の女中の前ではできるだけ奥様然としていなければならないことをリーはちゃんと自覚しているらしい。「ご苦労でした。下がってよろしい」という偉そうな言葉で自分を起こしにきた女中を労って、部屋から追い出した。女中と入れ替わりに「おはようございます奥様」とトマが部屋に入って来る。リーは顔を輝かせた。

「夢かと思ったけど、やっぱり夢じゃないんだね！」

「ええ、奥様」

トマはリーの頭のてっぺんからつま先までじっくりと観察し、満足げに小さく息をつく。少女は相も変わらず、あの奥様にそっくりである。

「やだ、二人のときはリーでいいって」

片手を口に当て、もう片方の手をぶらんと振ったリーの姿は、市井のおばさんそのもの。

トマはなんとも形容しがたい渋い顔をしたあと、「これから先、あなたは奥様として生きていくのですから、その名は捨てていただきませんと……」と申し訳なさそうに告げた。

昨日から、リー自身よりトマのほうがリーの置かれた状況について心を痛めているようだ。

「あ、そっかそっか」

そうだよねぇあたし奥様だもんねぇと嬉しそうに緑色の瞳を輝かせるリーに、トマは釈然としない顔をした。実際、人が入れ替わっているのだからトマのように心配するのが普通だが、リーのニッコニコ顔のせいで全然大したことじゃない雰囲気になる。

そんな能天気丸出しのリーが突然「あっ」と言って真面目な表情になった。

「な、なんですか」

トマはスッと身を引く。

「そうそう、一つ聞いときたいことがあったんだった」

リーがトマにぐっとにじり寄って、その耳元で囁いたので、トマはついに最初の難題にぶち当たるのかと、覚悟を決めた。

「なんでしょうか」

「奥様の名前、なんだっけ」

ひそりと告げられたリーの質問に答えたのは、トマとは明らかに違う、艶やかで朗々とした声だ。

「私のレティーシア！」

「あ、そうそう、それだった、それだった！」

リーはぽんと手を打った。がすぐに、自分の疑問に答えたのがトマではないことに気づき、くるりと声のほうを向く。

　そのリーの視線の先に立っているのは、すらりと伸びた体に小さな頭をのせて優雅に微笑む茶色い瞳の美男子であった。歳のころは三十といったところ。リーよりも十歳以上は年長にみえる。その年齢にふさわしく、若々しさと余裕のある落ち着きを併せ持ち、大人の魅力がたち上っていた。

「ああ私のレティーシア、今帰ったよ！」

　そう言って美男子は足音をたてることなくリーに駆け寄る。そして大げさな動きでリーの腰に腕を回して体を抱え上げ、くるくるとその場を三度ほど回った。床から浮いたリーの足が心許なく外側に跳ね上がり、侍女に着せてもらったばかりの春色のドレスが風を含んでふんわりと広がる。

　その光景は、誰もがどこかで目にしたことのある、うふふふーあはははーなあのシーンなのだが、残念ながらきらきらしい笑顔なのは美男子ただひとり。

　リーの背後ではトマがピシリと音をたてて固まり、リーはリーで「この人誰ですか」という表情を顔に貼りつけて男性を凝視している。さすがのリーも、突然抱え上げられて空中をぐるぐると回されながら笑うほどの能天気さは持ち合わせていないらしい。

「だ、旦那様、お帰りは明日の予定では……？」

トマが息を吹き返し、泣きそうになりながら美男子に問いかけた。体の後ろに隠された手が、それはそれはわかりやすいほどに震えている。

どうやら美男子はこのお屋敷のご主人であるらしい。

旦那様と呼ばれたその人は、抱え上げたリーのちょうど胸の辺りに顔をうずめて大きく息を吸いこんでから、「可愛いレティーシアが昨日街へ出かけたと聞いて、いても立ってもいられなくなって、帰って来たんだよ！　ああ無事に愛しいレティーシアが屋敷に帰りついていてよかったよ！　いなかったら街中(まちじゅう)を駆けずり回って探し出さなければと思っていたのだ！」と言った。

「それにしても私のレティーシア。君の香りがいつもと違うように思うのだが、なぜだろう。街へ出かけたせいで変わってしまったのだろうか」

旦那様は嘆(なげ)かわしげに大きく首を振る。相当の美男子なのに、大げさに嘆きながらぶるんぶるんと顔を振っているせいで、麗(うるわ)しい顔が台無しだ。

「街になど行くな、といつも言っているのに！　買い物なら御用聞きを呼びつければいいのだ。君はこの屋敷にずっといればいいのだよ！　外には危険と誘惑が山ほど転がっているのだから!」

そう言ってリーの腰に回した腕にぐっと力を込める。

突然の攻撃に一瞬ぐえっとなったリーは、トマが旦那様の背後で必死で何かを伝えようとしているのに気づき、彼女の口を読みとりながらマネた。

「はい、その……とおり……です？　だんな……さま」

「うん、うん。わかればいいのだよ、愛しいレティーシア!」

リーの言葉を聞いて旦那様は満足げに微笑み、リーをふわりと地面に下ろした。

「さぁ、おかえりのキスをしてくれたまえ!」

腰を屈め、リーの顔の高さに頬を突き出し、目を閉じてスタンバっている旦那様。彼をじっと見つめたリーは、トマの「行け」という無言の圧力に負けてその頬に本当に軽い、触れるようなキスを落とした。ついばむというレベルですらなく、顔の産毛の先に触れるか触れないかくらいの軽さである。

ところが、旦那様はそれだけでも感動しきりといった様子で再びリーを力いっぱい抱きしめた。

そして、愛情のこもった声で妻の名を呼ぶ。

「ああ、可愛いレティーシア!」

旦那様はため息交じりに、悲劇的な口調で続ける。

「せっかく久しぶりに愛しいレティーシアに会えたというのに、どうして仕事なんてしなくてはならないんだ。君の傍を離れたくないよ、可愛いレティーシア」

しかし嘆いている最中に迎えに来た執事に首根っこを掴まれて、旦那様はつむじ風のように部屋から連れ去られた。

「旦那様がいたんだね。あの人には」

旦那様が去ったあと、リーは扉を見つめながらぽつりと言う。

トマはちょうどそのとき「ああ、恐ろしや」と言いながら、未だ止まらぬ手の震えを押さえ込もうとしていた。しかしリーの言葉を聞くなり、その震えはすっかり止まる。目をカッと見開き、ずいと身を乗り出した。

「それはいったい……」

「旦那様がいたんだなぁと思って」

この娘はいったい何を言うておるのか、とトマは額を押さえる。

「奥様、と呼ばれているのですからね。つまり旦那様がいらっしゃるということですよ」

「そっか。あたし、家出っていったら厳しいお父さんとお母さんのせいでするものとばかり思ってたから」

リーは少しだけ残念そうに言った。

「あたし、お父さんもお母さんも知らないから。厳しくてもお父さんとお母さんができるのって、ちょっといいなって思ったんだよね」

続いた言葉に、トマは小さく鼻から息を吐き出す。

「……旦那様ではお嫌ですか？」

「ううん。結婚もしてみたかったから別にいいよ。旦那様かっこいいし。ちょっとしつこいけど」

トマはリーの「ちょっと」という言葉に、くいと眉毛を吊り上げた。リーはそれに気づく様子もなく、ベッドの端に腰かけてふらふらと揺れる。

「っていうか、旦那様ってご領主様なの？　前に偶然、街で見かけたことあるんだけど」

その言葉に、トマはふーとため息をつく。

「それもご存じなかったのですか。ここは領主シルヴァスタイン様の館でございますよ」

「ご領主様のおうちが丘の上の森の中にあるってことは聞いたことあったけど。近くに来たことなんてなかったし、街からは森が邪魔でお屋敷は見えないし」

さらにリーは、馬車の内装に感心したきり外を見ていなかったので、馬車が丘を上ってきたことにすら気づいていない。つくづく不用心な娘である。

「お屋敷を見ただけじゃ、ここがご領主様のおうちだなんて全然わかんないよ」

「そうでしたか」

旦那様ことジュール・シルヴァスタインは郷紳(ジェントリ)と呼ばれる地位にある。爵位こそ持たないが、その穏やかな性格と堅実な施策で領民から大変厚く支持されているよき領主だ。

その領主が若い奥方に対してはこんな様子であることを知っているのは、領主の館で働くほんの一握りの人間だけ。緘口令(かんこうれい)が敷かれているわけではない。だが、旦那様の偏愛ぶりを口に出すのをはばかってか、立派で愛され続ける領主の醜聞(しゅうぶん)を誰も口にしたくないのか、はたまたその支持の厚さから領民の誰も信じなかったからか。ともかく、その話が領内に広まることはなかった。

リーは不思議そうに問う。

「トマさん、あの人なんで家出したの？」

トマは一瞬ぽかんと口を開けてリーを見つめた。

「奥様からお聞きになっていないのですか……？」

「うん。家出したいからマネしてほしいっていうのは言われたけど」

「いったいどうして一番はじめにその質問をしなかったのか不思議でなりませんよ……じきにあなたにもわかると思いますが……」

トマは語る。

「旦那様は、奥様を愛しすぎているのです」

トマの言葉にリーはゆっくりと首を傾げた。連動して、トマの首も傾く。

「それって悪いこと？」

首を斜めにしたままリーが言い、トマも斜めのまま答えた。

「いいえ？　ただ、度がすぎますとね」

そう言いながらトマは何か恐ろしいことを思い出したらしく、肉付きのよい背をわかりやすいほど大きく震わせる。

「度？」

「ええ、ご覧になったでしょう？」

「何を？」

「旦那様ですよ」

「見たけど？」

リーの首はどんどん傾いてゆき、トマもそれに倣うものだから、二人の首はもうほとんど地面と平行になっていた。

「旦那様があんなご様子なので、奥様は疲れ果ててしまわれたのですよ」

「え？　どうして？」

そこでトマの首が限界を迎え、彼女は片手で首を押さえながら顔を元の角度に戻す。

「四六時中あのご様子ですからね。それに、奥様には……」

トマは浅いため息をついた。

「人の気持ちというものは、周囲がとやかく言ったところでどうしようもないものですから」

つまるところ奥様は、あの旦那様の暑苦しさに嫌気がさしてこのお屋敷を出て行ったということだ。そして、あの様子から察するに、黙って奥様を見送ってくれる旦那様ではないだろう。そこで奥様はやむなく、替え玉を立てて逃げ出すことにしたらしい。

「ふうん？　持ち上げてぐるぐるされるのに疲れちゃったの？」

リーは依然として不思議そうで、よくわからないというように呟く。

持ち上げてぐるぐるという行為一つが問題ではない。旦那様の言動、すべてが鬱陶しすぎるのだ。

しかし、これ以上どうやって説明すればいいのかわからなくなったトマは小さく首を振った。

「じきにわかりますよ」

トマは、痛ましいものでも見るように顔をゆがめる。

リーのことが心配になったのだろう。なんたって、リーはこれからそれを経験することになるのだ。本物の奥様が、替え玉を立ててまで逃げ出すくらいに嫌がった、このお屋敷での生活を。

トマの心配をよそに、リーはうーんっとのんきな声を上げ、伸びをした。

「いいのかなぁ、こんな広いお屋敷に住めて、あんなにかっこいい旦那様までもらって」

あ、でも抱きしめる力をちょっと弱めてくださいってお願いしないと背骨がいつか折れちゃいそうだなぁ、と笑う娘を相手に、トマは一度大きく身震いをした。そして、なんとかして現状をわからせなくてはとリーの細い両の肩を力強く掴む。

「いいですか。覚悟をお決めいただかなければなりません。旦那様が領内の視察からお帰りになった今、平和な時間は終わりを告げたのですから」

トマの表情はすっかりおびえきっていた。大きな目は見開かれ、唇はめくれあがり、リーの肩を掴む手はぶるぶると震えている。

そんなトマを見たリーもおびえはじめて、「もしかして旦那様はひどくムチ打ったり折檻をなさったりするのでごじゃりましょうか」とおかしなことを口走った。

トマは一気に脱力する。

「折檻……まぁ、近いものがあるかもしれませんが……。夜の旦那様といったら、全く野獣……私がうまく誤魔化しておきますから、数日はなんとかなるでしょうが……」

「野獣」という言葉を聞いた途端、リーの顔が恐怖にゆがんだ。

「夜……野獣！　トマさん、それってまさか……！」

急に蒼白い顔になって震えはじめたリーの背中をトマは優しく撫でた。

しかし、「うわぁどうしよう、血、足りるかな……吸血鬼っていったいどれくらい血を飲むんですか」というリーの言葉に動揺し、はからずもリーの背に力強い一撃を加えてしまったのだ。

――こほっ。

リーが涙目で咳込み、ようやく自分のやったことに気づいたトマは、「申しわけございません、つい」と言いながら、すまなそうにその背中を再び撫でた。

「でも、吸血鬼だなんてそんなメルヘンなものではないのです」

「吸血鬼のどこがメルヘンなの」

リーの疑問はもっともである。

だがまぁ、夜になると棺桶（かんおけ）から這い出て人の血を吸う、生きてるんだか死んでるんだかわからない奴を「メルヘン」と言い切ってしまうのだから、旦那様の恐ろしさたるや推（お）して知るべし。

「だいたい、どうして吸血鬼が出てくるのですか」

「だってあたし、野獣っていったら吸血鬼か狼男しか……はっ、まさか……」

また明後日（あさって）な理由で蒼褪（あおざ）めた娘に、トマは呆れていた。

「旦那様は狼男でもありません」

「そっか、よかった」

なぜかリーはほっとした顔をする。

何が「よかった」のか全くわからない。この娘はこの世の怖いものというと吸血鬼と狼男しか知らないのか。

「どうして吸血鬼と狼男なのですか」

「小さいころにしてもらったお話に出てきた怖い怪物がその二つだったから」

随分とバリエーションの少ない怪物である。物語に登場する怪物ならば、ほかにもドラゴンとか魔女とかミイラ男とか、たくさんいるというのに。

「そう……ですか」

もはやどこから突っ込んだものかと、トマは額に手をやった。

「……今にわかりますよ」

頭からつま先まで、ぶるぶるっと震えあがったあとトマは言う。

しかし、街で突然声をかけられ、簡単に替え玉を引き受けてしまうくらいだから、リーの能天気さもまた、推して知るべしである。リーはそれ以上何も尋ねず、「ふうん、そっか」で話を打ち切ってしまった。

「てゆうかさぁ。もしかして、旦那様にバレないようにするのって結構大変なんじゃない？」

偽者妻（にせもの）で夫をだまくらかすなんて、結構どころではなく大変に決まっている。

「ええ。その通りですよ。旦那様は明日お帰りの予定でしたから、今日中にすべてを詰め込めばよいと思っていましたが……今すぐにはじめなくてはいけませんね。軽食を用意させますから、食べながら話を聞いてください。奥様に成り代わるため、色々と覚えていただかなくてはなりません」

勢いだけで替え玉になってしまったリーには、本物のレティーシア奥様について知る機会がほとんど与えられなかった。

「しばらくは私がいつもお傍にいるようにしますから生活面はなんとかなるとは思いますが、あれやこれやを少しずつ覚えていただかなくては」

たとえばコレ、とトマは壁からぶら下がっていた太い綱を引っ張った。

ほどなくして女中が現れ、「お呼びでしょうか、奥様」と言う。

「今朝は朝食をここでとられるそうだから、軽食をお持ちして」

トマが答え、女中はかしこまりましたと頭を下げてすっとその場を辞した。

一連の流れをきょとんとした表情で見つめていたリーに、トマは「これを引っ張ると使用人部屋のベルが鳴るようになっており、すぐに誰かがここに参りますので」と丁寧な説明をする。

「知ってるよ?」

「え?」

「知ってるよ、それ。呼び鈴でしょう」

リーはあっけらかんと言う。

「ご存じなのですか?」

「うん。引っ張ったことはないけど」

トマは驚きを隠さず、訝しげにリーを見る。

「なぜご存じなのですか？」

まさか、小汚い恰好で花を売っていた少女が呼び鈴を知っているとは思わなかったのだろう。

「だってお屋敷で働いてたときに、いつもそれで呼び出しをくらってたもん」

「どこかのお屋敷で働いておられたのですか？」

「うん。奥様のマネはね、そのお屋敷の大奥様を参考にしてるの」

トマは、それで花売りにしては驚くほど違和感なく奥様を演じてみせたのかと得心した。

リーは椅子に浅く腰かけ直すと、すっと背筋を伸ばして顎をつんと上に向ける。そして尊大な様子で肩を揺らしながら言い放つ。

『そこのお前、この壁についた汚れが見えませぬか。お前の目は節穴ですか。すぐに磨きなさい。それが終わったら部屋にお茶を持って来て。お前の淹れるお茶はいつも熱すぎるから、ちゃんと適温にするのですよ。お前はのろまだから急ぎなさい。あまり待たせないで頂戴ね』

トマは呆然とする。

「そっくりです……奥様と……」

どうやら奥様は相当に高飛車な人だったらしい。そういえば、あのぼろ家でもそんな感じだった。

リーは、トマの言葉を聞くなり嬉しそうに微笑んだ。

「やっぱり？　奥様と話したときに、あの大奥様にそっくりだなって思ったんだよね。あたしさ、お屋敷で働いてる間、陰でしょっちゅう大奥様のマネしてたんだよ。だから、奥様のフリは結構うまくできると思うよ」

なんて……なんて都合のいい人材が転がっていたのでしょうか、と感激しきりのトマである。

トマが花をまき散らさんばかりに喜んでいるところに食事が運ばれてきた。リーは嬉々として、きれいに並べられたサンドイッチに手を伸ばす。

「これで軽食なんて信じられない！　あたしの夕食の二日分だよ！」

さっそく手を伸ばしてもしゃもしゃとサンドイッチを頬張るリーに、トマは腕まくりをして鼻息荒く言った。

「基本的なことはご存じのようですから、すっ飛ばしてしまいましょう」

呼び鈴と大奥様のモノマネだけでは基本的なことをご存じとは言えないはずだが、トマは非常に機嫌よく、そして自信満々な様子で腕組みをしている。

「トマさんも、お一つどう？」というのんきなリーの言葉にも、笑顔で答えた。

「いいえ、私は結構です」

トマは次に、執事と主だった使用人の名前をリーの脳みそに叩き込むことに着手した。

「執事のアルフレッド様、侍女のミルドレッド、女中のマリアンヌ、マリエッタ、ミリセント、ミュリエル、マルグリッド、ミリアージュ、クリスティーナ……」

もしゃもしゃ、ごっくん。

リーの細い喉をサンドイッチの塊が通過していった。

「……みんな名前、似すぎじゃない？」

たしかに嫌がらせかと思うほど、侍女と女中の頭文字にはMがずらりと並んでいる。

「復唱してください」

トマはきっぱりと言う。

「えーと……マルドレッド……ミリエッタ……ミルグリッド……マルセント」

「……混ざっていますよ」

非常に残念だが、一つも当たっていない。

「……クリアンヌ……」

随分とおいしそうな名前である。

頭文字がMではないクリスティーナまで混ざってしまうとなると、もはや救いようがない。

そもそもこの花売り娘、自分が成り代わっている奥様の名前ですら一夜で忘れてしまうほどなのだ。

「ええと、あ、でも、アルフレッド？　は、覚えた」

とか言いつつ語尾が持ち上がっているあたり、トマの顔が険しくなるのも仕方ない。

大体アルフレッドは唯一の男性名なのだから、それくらいは覚えられないとむしろ怖い。

トマはがっくりと肩を落とした。瞳に浮かんでいた輝きは消え失せ、口からは絶望のため息が吐き出される。

このままでは、クリスティーナばかりが仕事を言いつかる羽目になりそうだ。

「……お名前を覚えるのは苦手なのですか」

「うん。長いのは特にね。前に働いてたお屋敷の大奥様の名前も、若旦那様の名前も覚えてない」

「……そうですか」

気の毒なトマの声は消え入りそうなほど幽かだ。

「それでは最低限、執事のアルフレッド様と旦那様と奥様の名前だけ……奥様のお名前は覚えておられますか？」

「ええっと、セレスティーアだっけ？」

トマはがっくりとうなだれた。

だが、トマの心に傷を負わせた当の本人はいたって平和な様子である。

「……レティーシア様です」

「あ、そっか。でもさ、自分の名前を呼ぶことはあんまりないんじゃないかな」

自分で名前を呼ぶことはなくとも誰かから呼ばれたときに自分だと気づけなくては困る。レティーシアと言われて反応しないだけなら無視をしたと受け取られるだけで傷は浅い。が、セレスティーアと呼ばれて返事でもしようものなら、お前は誰だと言われる由々（ゆゆ）しき事態になってしまう。

しかしリーは、きっぱりと『嫌だわ、わたくしったら。ちょっと耳の調子が悪くって、自分の名前を呼ばれたのかと思ってしまいましたの』と言えば誤魔化（ごまか）せる、と言い切った。あまりにも自信満々なので、トマは色んな思いをいったん自分の胸に収めておくことにした。

「では……旦那様のお名前は？」

「……ご領主様？」

それが名前であるはずがない。ゴリョーシュ・サマという名だとでも言うのか。

「ジュール・シルヴァスタイン様です」

「ちょっと長すぎない？」

長すぎない？　と言われたって、それが名なのだから仕方ない。

「旦那様って呼ぶんじゃダメなの？」

「普段はそれでいいのですが、夜会などの正式な場ではファーストネームでお呼びいただきませんと」

「ジョール、ね」

惜しい。

「いいえ、ジュールです」

ジュールというのは珍しい名ではなく、むしろ極めて一般的な名前の一つだ。その名前ですらすぐに忘れてしまうあたり、もう不安しかない。

「ジュ、ジュール」

「ええ。レティーシア・シルヴァスタイン様と、ジュール・シルヴァスタイン様です。奥様はシルヴァスタイン夫人と呼ばれることも多いですから、名字も覚えていただきませんと」

そう告げたトマは一気に十歳くらい老け込んで見えた。

「ジュール……アルフレッド……セレ……レ……」

「レティーシア」

「レティーシア……シル……シルヴェスター」

「シルヴァスタイン」

「……シルヴァスタイン……ジュール……レ……レティーシア……」

ぶつぶつと繰り返すリーと、ときおり訂正をはさむトマ。

「まぁ、奥様のお名前は旦那様がいつもお呼びになりますから、すぐに覚えてしまうと思いますが」

「そういえばそうだったね。何か変な飾りがついてたけど」

リーが変な飾り呼ばわりしたのは、旦那様が奥様の名前の頭につけていた形容詞のことである。

可愛いレティーシア、愛しいレティーシア、私のレティーシア……そのバリエーションがいったいどれくらいあるのかわからないが、いずれにしても相当な暑苦しさであることは間違いない。ついでに言うと、長い。レティーシアですら短くないのに、そこに形容詞までつけるものだから、長すぎだ。呼びかけ一つで「ああ、それにしても私の可愛いレティーシア！」となるのだから、普通なら一瞬で終わるはずの短い会話までやけに長ったらしくなってしまう。

「ただのリーですけどねって言いたくなっちゃったよ」とリーは続けた。そんなことを口にされては大変とトマはあたふたするが、リーは「もちろん言わないよ」とあっさりとその焦りを一蹴した。

「ねぇ、旦那様はいつも奥様をああ呼ぶの？」

「ええ、そうですよ」

トマはそう言って嘆息する。

――そうですとも、奥様の前ではね。

そんな幽かな声が響いた。

その言葉からすると、旦那様はいつもいつもあの長ったらしい呼び方をしているというわけではないらしい。まぁ、外で「私の愛しいレティーシアがね」とか言い出した日には、領主の沽券にかかわる。今のところ妙な評判がたつこともなく皆から慕われる領主であるところからすると、一応普通に振る舞っているのだろう。

しかしトマの言葉がリーの耳に届くことはなく、リーは「何種類くらい呼び名があるのかなぁ」と能天気な声を上げている。

トマはそんなリーをしばらく見つめたあと、覚悟を決めたように言った。

「やはり、きちんとお話ししておくべきなのでしょうね」

気が重そうなトマは、ふーとさらにため息をつく。

そのものものしさに、リーは椅子にしっかりと深く座り直して姿勢を正した。

「さっきも言いましたが、旦那様は奥様を愛しすぎています」

ふんふん、とリーは頷く。

「それはあの変な飾りのついた名前とか、強すぎるむぎゅう以外にも？」

むぎゅうというのは言わずもがな、熱烈な抱擁のことである。

「そんなのは序の口なのです」

そう言ってトマは、シルヴァスタイン夫人としての心得をつらつらとあげた。

もっともこれは旦那様が作ったものでも、旦那様のお父上である先代の領主が作ったものでもない。ただただこのお屋敷で皆が平和に過ごすために当代のシルヴァスタイン家に自然にできあがった不文律だ。

一つ、返事は『はい、その通りです、旦那様』。

一つ、旦那様の許可なく屋敷を出てはならない。

一つ、旦那様以外の男と話してはならない。

一つ、月のものの間以外は、風呂と閨を旦那様と共にする。

のっけからおかしなものを突きつけられたリーは、「ちょ、ちょっと待って」とトマを止めた。

「一番はじめのやつ、何？」

「いわば呪文です。旦那様を黙らせるための」

「……そういえばさっきトマさんの口パクに合わせて、言った気がする」

「そうですよ。効果テキメンだったでしょう？」

リーがこの呪文を唱えた途端、旦那様は満足げに頷いていた。

「えっと……屋敷を出ないっていうのは？」

「お屋敷を出ると旦那様が大騒ぎなさるので、許可なく出てはいけません」

「許しをもらえば出てもいいの？」

「基本的に許可は出ません」

「なんで？」

「外の世界には危険と誘惑があふれているから、だそうですよ」

それはまた、窮屈な話である。

「男と話してはならないっていうのは？」

「これも、旦那様が大騒ぎをなさいますから。おひかえください」

「じゃあ、執事の……えーっと……アル……なんとかさんとも話せないの？」

トマは「アルフレッド」と小さく訂正したものの、半ば諦め、首を振った。

「アルフレッド様とも、旦那様を介してお話しください」

旦那様を介してってことは、執事と一言二言しゃべるためにわざわざ伝言ゲームみたいなことをしなきゃならんということか。

「えーっと、あと風呂と閨っていうのは？」

「月に二度の月のものの間以外は、お風呂にも一緒に入り、同じ寝室で過ごすことになります」

げほんげほんと咳込みながら、トマは言った。喉が痛かったわけではなく、気まずさを誤魔化す咳払いらしい。

「月に二度？」

おかしいな、あたしの月のものは月に一度だよと言うリーに、トマはもちろん私もですよと頷く。

「じゃあ、なんで？」

「それくらい休ませてもらわないと堪らないというので、奥様が月に二度あると旦那様におっしゃったんです」

「嘘ついたってこと？」

リーの眉が少しだけ中央に寄った。

「まぁ、簡単に言えばそうなりますね」

「お風呂、二人で入るの？」

「そうです」

トマは表情を動かさないように苦心して、しばらく顔をひきつらせていた。

「あのお風呂に？」

リーが指さしたのは、昨日足をごしごしとやられた、部屋についている風呂である。

「いいえ。あれは奥様のお部屋に附属している小さなお風呂ですから。主寝室にはもっと立派なお風呂がございますよ」

「へぇ」

へぇ、と言ったきりリーは口をつぐみ、何やら考え込んだ。

その様子を見ながらトマが気の毒そうに尋ねる。

「ほかにもありますが、お聞きになりますか？」

「ほかにも？」

「ええ、お仕事の都合のよいときは食事を一緒にとるだとか、ドレスの試着よりも旦那様を優先するだとかいう、細かいものが」

「まとめると、ずっとお屋敷にいて、旦那様の言う通りにしなくちゃいけない、と」

「そうですね」

「これを守らないと旦那様が怒るの？」

「怒る、という表現が正しいのかはわかりませんね。旦那様は大変悲しそうになさって……そうですね、しばらく離してくださらないのはたしかでしょうね」

リーは複雑な表情で黙り込んだ。

トマは心配そうにリーの顔を覗(のぞ)き込む。

「……後悔なさっていますか？」

ところがリーは、顔を上げて驚いたような声を上げた。

「え？　後悔？　何を？」

「この役目を引き受けたことを、です」

「え？　なんで？」

なんで？　って、なんで？　という表情をしたトマに、リーは平然と言う。

「ここから出ないで、旦那様の言うとおりにしてればいいんでしょ？」

「……驚かないのですか？」

「いやぁ、びっくりだよ！」

リーは明るく言った。

「結婚って結構大変なんだね！　だから皆、結婚式で泣くんだね！　あたし二回くらい教会で結婚式を覗いたことあるんだ！」

結婚式での涙は一般的に大半が嬉し涙である。

世の中の奥様みんながこんな目に遭っているわけではないことを、いつかこの娘に教えてあげようとトマは固く誓う。

「でもそれは、今ではないわ」

と彼女はひそかにひとりごちたのであった。

「しかしトマさんも人が悪いよねぇ」

もこもこの泡に表面を覆われた湯に体を沈めながら、リーは言った。

執事のアルフレッドに捕まったまま夕刻まで仕事に追われていた旦那様は、「可愛いレティーシアと夕食を一緒にとれなかったのだからお風呂くらい一緒に！」と主張した。しかし、トマが「奥様は今、月のものでございますので」とか「奥様は逃げていきませんからね」とか嘘八百を並べ、なだめすかして旦那様を追い出したのだ。

本物の奥様はもう逃げちゃってるのにさぁ、と呟くリーの口をトマは慌ててふさぎ、「お風呂場は声が響きますから」と言い含める。

「ふぁーい」

リーはトマの手の中でもごもご返事をする。しかし、返事こそ素直だが反省している様子はまるでない。

「ああ、疲れたなぁ」

リーはふーっと深い息をつきながら言った。

あれからもトマの指導は続き、リーは食事のマナーに美しい歩き方、挨拶、お辞儀の仕方などをみっちりと詰め込まれたのだ。さすがモノマネが得意とあって、トマがやってみせる手本のマネはさらりとこなした。だが、どのタイミングで何をするかを自分で判断するにはまだ至っていないようである。淑女が生まれたときから何年もかけて日々の生活の中で身につけることを一日でやってしまおうというのだから、無理なのは当然といえば当然だ。

だからといって、この先ずっとトマと一緒にいるわけにもいかない。トマ曰く「正直申し上げて、旦那様に付きまとわれている奥様に付きまとわれるというのは、相当に鬱陶しゅうございますからね」ということだ。トマガモを先頭としたカルガモファミリーが結成されるのを防ぐために、リーはなんとしても、いつどのような行動を取るべきかを覚えなくてはならない。

それに、トマの頭痛の種はもう一つある。

「文字を、覚えなくてはなりませんね……」

奥様のサインを練習させようとリーにペンを持たせてみたら、「サインっていうか、あたし字書けないよ？」とにっこり言われ、読み書きが一切できないことを知らされたのである。トマの動揺は想像に難くない。その表情は、さながら土砂降りの雨の中で濡れそぼる子鼠のようだった。

それでもトマは気をとり直し、リーにペンの正しい持ち方から教え、サインだけは気合でなんとか書けるように仕上げた。とはいえ、読み書きができないのは致命的な問題である。リーは自信満々に『嫌だわ、わたくしったら。ちょっと頭の調子が悪くって。文字を忘れてしまいましたの』で誤魔化せると言い切ったが、こればかりはそうもいかぬとトマに懇々と言い聞かされ、仕方なしに文字のお勉強をしたのであった。偽物の奥様に文字を教えるなんて、侍女頭という職業の範疇とはかけ離れた仕事内容である。

「こうやってのんびりしてると全部忘れちゃいそう」

湯に浸かったまま、リーはトマを震撼させることを平気で言う。だが、朝からのリーの頑張りを知っているトマは、あまり強く叱る気になれないらしい。明日もまた頑張らなければなりませんね、と優しくなだめて、リーが浸かっている湯の温度をたしかめた。

そのときだ。

「トマさんも一緒にどう？」

もこもこの泡の中からリーはのんきに言った。トマはいったい自分が何を提案されたのかわからず、エプロン姿のまま曖昧な表情になる。ここで「何を？」と聞き返さないあたり、きちんと訓練された侍女らしい。

「お風呂。一緒にどう？」

サンドイッチお一つどう？　と同じテンションで風呂に誘われるとは思ってもみなかったのだろう。トマは震える手で、エプロンの紐の結び目をきゅっと結び直す。そうして動揺を押し殺すことに成功し、冷静な声で「私は結構です」と言った。

だいたい、この小さなバスタブにどうやって一緒に浸かるのか。

ふくよかすぎるトマが入れば湯があふれるし、それ以前に、主従で風呂に入るなど聞いたことがない。

裸の付き合いになんの抵抗も見せない娘を前に、トマは口をパクつかせた。聞きたいことが山ほどあるが、どこからどのように切り込んで何を聞けばいいのか整理がつかないらしい。トマの様子にリーは何を勘違いしたのか「もしかしてトマさん、お腹空いた？」などと尋ねるから、性質が悪い。食事のマナーを教えるためにさっき一緒に夕食をとったのだから、お腹は全然減っていないというのに。

リーは足先を湯の上に突き出し、バスタブの縁に乗せてしれっとくつろいだ。トマは「旦那様とお風呂に入る際には足を湯の中におしまいくださいね」と述べる。

リーの姿が視界に入っていると、あれこれ口を出したくなるからだろう。トマは小さく首を振って、洗い場にあふれた泡を流したり、リーの体を拭く布を用意したりと、かいがいしく動き回りはじめた。

「お湯加減はいかがですか？」

しばらくして思い出したように聞いたトマは、バスタブからにょきりとつき出された足の裏にふと目をとめ、「この傷はどうなさったのですか？」と尋ねた。

リーの足の裏のちょうど真ん中辺りに、古い傷痕のようなものが残っている。

本物の奥様にはない痕があるとなると、旦那様が不審に思わないよう何か考えねばならないまい。通常なら足の裏を人に見られることなどないだろうが、なんたってあの旦那様である。安心はできない。

トマは奥様の身の回りのお世話をしてきて、爽やかとは言い難い朝を幾度も経験していた。

なぜこんなところに枕が？

なぜこんなところに得体のしれぬ紐が？

なぜ壁のここに手形が？

なぜシーツがこんなことに？

なぜ天蓋のカーテンが破れ……

とまぁ、口に出せぬような惨状を見たのは一度や二度ではないのだ。

トマはそれらをしっかりはっきりリーに説明しつつ、「そんな日は決まって奥様は昼過ぎまで休まれ、旦那様は輝く笑顔で寝室を飛び出して行かれるのですよ」と締めくくった。そして、「足裏の傷痕だって、旦那様にかかれば三日と置かずに見つかってしまうでしょう」と小さくうめく。

「三日？　結構すぐだね」

「ええ、そうですよ。旦那様は奥様を深く愛しておられますからね」

「ふうん？　深く愛してると傷痕にも気づくの？」

「ええ、まぁ、そういうことになるでしょうね」

「そうなんだ」

「ええ、そうですよ」

トマは遠い目をした。

「ふうん、そっか。んー、なんの傷だろうなぁ。怪我なんてしょっちゅうだから、いちいち覚えてないけど……たぶんこれは前にガラス踏んだときのやつかなぁ。あっ……」

短く上がった声にトマが視線を戻すと、自分の足の裏を確認しようとあられもない格好になったリーが、今にも湯の中に沈みそうになっている。自分の足を抱え込んでいるものだから、どこかに掴まることもできず、尻が浴槽の床を滑った。

リーの頭はずるりと泡の下に沈み、続いてざばっと上がってきた。頭には泡がもこもこと乗り、水にぬれた髪が顔にべったりと貼りついている。

「わぁ滑った。びっくりしたぁ」

額に貼りついた髪をかき分けながらリーは言った。

トマこそ「びっくりしたのはこっちだ」という気分だろう。それを口に出さずに「大丈夫ですか？」と心配するあたり、さすが侍女頭である。

リーは「うん」と頷いて、「この傷がどうかしたの？」と聞く。

「奥様には傷がありませんでしたから、何か言いわけを考えなくてはなりません」

「あ、そうなの？　あたし、体中の色んなところに傷あるよ」

あっさりと憂慮すべき事態を告白され、トマは焦った。

「ほかにはどこに？」

その言葉に、リーは湯からざばりと立ち上がって、体についた泡を払いのける。

ふわっと浮いた泡がトマのエプロンにくっついたが、そんなことに構っている場合ではない。トマは気にすることなく、リーの体を凝視した。

「ここでしょ、それからここでしょ、あとここにもね、それからここ、あ、そうそうここにも、えーっとあとはここ……一番大きいのはこれ！」と言ったリーに、驚いたのはトマである。

仁王立ちになった裸の主人の肌をつぶさに観察せざるを得ないという状況もそうだが、その体についた傷痕の多いことといったら。

ドレスを着替えさせるときや風呂に入れるために服を脱がせるとき、風呂で体を洗うときなど、侍女は皆、視線を少しずらす。だからだろう、トマはそれらの傷痕を見落としていたらしい。一瞬見ただけでは見落とすほど小さいものの、それらはどれもしっかりと肌に刻まれている。数日で消えるようなものではない。

「これは……なんの傷痕ですか」

「なんだろう。ムチで叩かれたのもかなりあると思うし、この大きいのはやけどかなぁ」

そう言いながら、リーは自分のお腹を覗き込んだ。ちょうどへその真下辺りにあるやけどの痕は、経年により薄茶になってはいるが、その大きさからしてかなりの痛みを伴ったと思われた。

「ムチ……」

「前に働いてたお屋敷の大奥様がさぁ、やたらと叩くんだもん」

傷痕の数からすると、相当な頻度で叩かれたことになる。

トマは眉根を寄せ、「もう痛みはないのですか？」と尋ねた。

「うん、全然」

「そうですか。それはよかった」

リーはぷるっと肩を震わせて再びバスタブに体を沈める。

「この泡、アザレラの花の香りがするね」

目を閉じ、鼻からすっと息を吸ってリーは微笑んだ。

「……お花の名前は覚えられるのですか？」

トマは、人の名前は覚えられないのに、という言葉をすんでのところで呑み込んだ。

「うん、好きだから、お花」

「それで花売りに？」

その質問に、リーはからからと笑った。

「まさかぁ。たしかにお花は好きだけど、花を売ってたのはお屋敷を追い出されたあと、仕事がなかったからだよ」

「お屋敷を追い出されたのですか？」

「うん。大奥様から『今すぐ出てお行き！』って言われたの。もともと街で物乞いしてたところを若旦那様が拾ってくれただけだから、仕方ないんだけど」

物乞い、という言葉にトマの眉毛がぴくりと動いた。

「……その前は何を？」

「その前って、もっと小さいときってこと？」

「ええ。あの、でも……聞かないほうがよろしければ……」

「ううん、別にいいけど。てゆうか知りたいの？　全然面白くないよ」

「知りたいです」

「全部？」

「構わないなら」

リーはしばらく記憶をたどるように天井辺りに視線を送り、すうと息を吸い込んだ。

「あんまり小さいときのことは覚えてないんだよねぇ」

目を上に動かし、リーはゆっくりと話し出す。

「お父さんとかお母さんとかは知らないの。一番最初の記憶は孤児院だから」

トマは何も言わず、息をふうと吐いた。

「そこには友達がいたんだけどね、火事で焼け出されちゃったんだ」

「火事、ですか」

「うん。怖かった。皆、泣きながら走り回ってて」

リーが淡々と口にするので、大したことがなかったように聞こえるが、実際は口にしている何倍も恐ろしいものだったのだろう。いつも明るい光を宿している瞳に影が差し、その視線はどこか遠くを見つめている。

「そのあと修道院の人が新しい引き取り手を探してくれて、別の孤児院に移動することになったんだけど、途中で人攫い(ひとさら)みたいなのに遭(あ)ったんだ。それでどこかに連れて行かれる途中で逃げ出したの。だから友達とは離れ離れになっちゃった」

　トマはかける言葉を見つけられず、ただ頷（うなず）いた。

「それから物乞いやってたら、お屋敷の若旦那様に『うちにおいで』って言われて働くことになったの。すごく優しい人だったんだよ。若旦那様のお父さんはもう亡くなってたから、当主は若旦那様のお母さんだったんだけど――あ、その人が『お前のお茶はぬるい！』って人ね――あの人は厳しかったなぁ。結構一生懸命働いてたんだけどね、ある日突然やめさせられちゃって」

　お湯に浮かんだ泡を両手ですくい、リーはそれをふうっと吹いた。ふわりと浮いた泡が宙を舞い、その表面にリーの顔が映りこむ。リーの表情にもう陰はなく、緑の瞳は普段と変わらず明るい輝きをたたえている。

「やめさせられた理由は……」

　そう言いながら、トマの声がぐっと詰まった。

「さぁ。何も聞いてないけど。あたし、しょっちゅう叱（しか）られてたから。大奥様は我慢できなくなっちゃったんじゃないかな」

　湯船から突き出た足にトマが視線を投げる。

痕（あと）が残るほどムチ打たれて、突然理由もわからないまま放り出されるなんて、そんなのあんまりだ。トマの顔にはそう書いてある。

「それから、街にいたほかの子のマネをしてお花を売ることにしたの。最初は結構売れてたんだよ。お屋敷にいたころに若旦那様がくれた服がすごくキレイだったから、お金持ちの人もあたしから買ってくれたの。でも、背も伸びたし服もボロボロになっていくしで、そのキレイな服が着られなくなったの。それで、見かけがみすぼらしくなってからは全然売れなくなっちゃって。まぁ、どうせ買うならキレイな子から買いたいもんね」

澄んだ緑色の瞳がトマに同意を求めるように動いたが、トマは頷かなかった。

「それで、すんごく腹ペコだったところに……セ……レ……レティーシア奥様がやって来ました、と」

リーはレティーシアの名を思い出せて嬉しそうだが、一方のトマは沈痛な面持ちで黙り込む。

「だから夢みたいだよ。ここにいるの」

こうやってあったかいお湯に浸かってるのもね、とリーは湯船のお湯を楽しげにかき混ぜた。

ちゃぽん、という水の音が広い空間に響く。

湯からたち上った湯気が高い天井にふわりと浮かび、灯りに照らされてゆらゆらと揺れる。

リーはその湯気に向かってふーっと息を吐きかけた。

トマは顔についた水をぬぐうフリをして、目尻に浮かんだ涙を拭いた。

「ああ、眠くなってきたなぁ。今日もあの大きいベッドで眠れるなんて、極楽極楽」

リーの呟きに、トマは何度も何度も頷く。

お風呂から出たリーの髪を丁寧に乾かしてあげたあと、トマは自室にさがっていった。

その夜、トマは小さな部屋でひとり祈った。

「どうかいつまでも、旦那様に真実を知られませんように」

それは逃げた奥様のためか、それともお咎めを受けるであろう我が身の可愛さからか、風に吹かれる湯気のように運命に翻弄されてもなお純粋な瞳をした少女のためか……

トマ以外に、知る者はない。

「おはよう！　愛しいレティーシア！　今日もまるで朝日のような美しさだね！」

鈍色の曇り空の下、領主の館の食堂に朝っぱらから大きな声が響き渡る。

「おはようございます、旦那様」

リーはにこやかに答えながら、窓の外に一瞥をくれた。

その窓の向こう、分厚い雲に覆われた空には朝日の「あ」の字も見当たらない。

つかつかつかつかとリーに歩み寄った旦那様は、小さな体を心ゆくまで抱きしめ、リーの顔を両手で包み込むようにしてキスをした。行き交う使用人の視線などどなんのその、である。

ぶちゅーっという音が聞こえてきそうなほど熱烈な口づけを受けて、リーは「ぷはぁ」と一声。

「奥様が窒息してしまいますよ。さぁ奥様、お席へどうぞ」

見慣れた光景なのか、旦那様の様子にも眉一つ動かさないトマは、リーを席へいざなった。

食堂のど真ん中に置かれた長いテーブルの端と端の席に着き、リーは背筋を伸ばす。

そして、思い出したように顎を持ち上げた。

「ゆうべはよく眠れたかな？」

「はい、旦那様」

旦那様がテーブルに置かれたナプキンを取って膝に広げ、リーもそれに倣う。

「ああ……」

唐突に旦那様が上げた感嘆の声にもリーは動じず、目の前に並べられたたくさんの食事に瞳を輝かせた。

「私は可愛い可愛いレティーシアを想ってなかなか寝つけなかったよ……！　月のものの間は体に障るからとトマがしつこいので諦めたが、早く君をこの胸に抱いて暖をとりながら眠りたいものだ……！」

旦那様は、窓の外にどんよりと垂れこめた雲を吹き飛ばさんばかりの爽やかさで言った。ただし内容が内容なので、鬱陶しいことこの上ない。

実際にしつこかったのは旦那様のほうで、それをトマが辛抱強く諭したのだ。もちろん使用人たちはその事実を知っているが、皆慣れた様子で黙々と仕事を続けている。

「でもわたくし体温が低いので、暖かいどころか旦那様の体温を奪ってしまうと思いますけれど」

突き出された顎を飛び越えるように、その一言が放たれた。

リーが言いたかったのは「いやでも、あたし体温低いから暖かくないかも、ごめん」ということだが、聞きようによってはとんでもなく冷たく突き放す言葉だ。使用人たちはおびえ、足早に仕事を済ませようと急ぐ。今すぐ食堂を出て行きたいのだろう。

一方、そんな空気を作り出した張本人のリーは周囲の気配などなんのその。顎を絶妙な角度に保ったまま食事を次々と口に運んでいく。ときおり旦那様を窺い見ているのは、手の仕草をマネるためらしい。昨日トマと練習した成果が出、なかなかどうして美しい所作でナイフとフォークを操っている。しかし、昨日の練習に出てこなかった物の食べ方がわからない。何度もエッグスタンドに置かれた卵に視線をやるが手を出せず、残念そうだった。

残された道はただ一つ。旦那様が食べるのを待って、マネることだ。リーが期待に満ちたまなざしをその手元に向けた瞬間、旦那様が突然椅子をはじくようにして立ち上がった。椅子が食堂の床材をえぐるゴリッという音が響く。

床のダメージなど気にならない旦那様は両手を大きく広げ、「なんということだ！　私のレティーシアの体温は低かったのか！」と叫んだ。

一拍遅れた反応だが、これはリーの体温低い宣言に対する返事である。

「三年という長い年月を共に過ごしながら私はそんなことにも気づいていなかったとは！　なんという失態！　なんという過ち！　あぁしかし、これでまた一つ、君の新たな面を知ったのだね。それならなおのこと、私のかいなに抱いて温めてやらなくてはならないね！　ああ……！　そのときが待ち遠しいよ……！」と熱弁した。その姿はまるで野外劇場で台詞回しの練習をしている駆け出しの俳優みたいである。

台詞を言い終え上着の裾をスッと払う仕草にも無駄な動きが多い。旦那様が椅子に腰を下ろすというたったそれだけの間に、リーはパンを丸々一個平らげた。

リーは食べ物を口に運ぶのに忙しそうだが、それでいて一応は旦那様の話を聞いている。飲み物を運んできた給仕に「かいなってなんだったかしらね」と小さな声で質問した。給仕は一瞬ぎょっとして旦那様のほうを見たが、奥様に答えないわけにもいかず、諦めたように「腕のことです、奥様」と小声で返した。

そうなのね、と頷き、リーはにっこりと微笑む。

「ありがとう。助かったわ」

その瞬間、部屋の温度がすっと低くなった。

テーブルの上の華奢な花瓶に生けられた花が凍りはしないかと不安になるほどである。

リーの質問に答えてしまった給仕は蒼褪め、彼以外の使用人たちは我先に部屋から逃げ出す。

リーは周囲の変化に気づいていても、なぜそうなったのかわからない。パンをもしゃりもしゃりと食みながら、きょろきょろと部屋を見回した。

突然食堂に渦巻いた冷気の発生源は、長いテーブルの、リーとは反対側の端っこに腰かけたこの屋敷の主である。

「……今、彼と何を話したんだい？　愛しいレティーシア」

先ほどまでの上機嫌が嘘みたいに、旦那様の眉間には深い皺が刻まれ、口元は大きくゆがみ、ぷるぷるしている。必死に何かに耐えているようだ。

この人には、妻が給仕と愛を囁き合ったように見えたとでもいうのか。いったいどんな目をしているのか。その眼の節穴ぶり、お見事である。

そこでようやくリーは「シルヴァスタイン夫人の心得」の存在を思い出し、あ、しまった、という顔をした。

『一つ、旦那様以外の男と話してはならない』

というあの珍妙な掟である。

ええと、こういうときはなんだったかな、呪文。ああ、でもあれは「その通りです、旦那様」とかだったな、ここで使うのはちょっと違うよな、とリーは口の中のパンと共に言葉を呑みこむ。

「かいなってなんのことかしらと思いまして尋ねたのです。いけなかったかしら」

結局、真っ正直に答えることにしたらしい。

「い、いや……いけなくはないが……そうか、かいな、ではわからなかったか」

ずばりと返ってきた言葉に、今度は旦那様のほうがうろたえた。

旦那様のシドロモドロぶりは、さながら野外劇場で台詞を間違えてしまった新人役者である。

「ええ、まぁ、腕と言っていただいたほうがわかりやすうございますわね」

奥様仕様で絶妙な角度に持ち上げられた顎の破壊力はすさまじかった。高飛車に言い放たれる言葉には、有無を言わせぬ力がある。

そして何より罪なのは、本人に相手を言い負かそうという気が全くなく、思ったことを正直に言ったにすぎないことである。

「っ……そうか……それはすまない」

旦那様はオタオタしながら言った。

「いいえ、旦那様が謝罪なさるようなことでは。なんというか……旦那様に愚かだと思われるのが恥ずかしくて、つい給仕に尋ねてしまいましたの。だからどうか給仕を叱らないでやってくださいましね」

リーは、嘘は何一つ言っていない。

愚かだと思われるのが恥ずかしいというよりは、馬鹿なことを聞くと替え玉がバレるんじゃないかと思ったのだが、まぁどちらも似たようなものといえなくもない。

ところが、このリーの一言は、状況を余計にややこしくした。

「……給仕を庇いだてるのか」

旦那様の周囲の空気がまたすっと凍りつく。

どうやったらそんなふうに見えるんだこの馬鹿たれが、と言いたくなりそうなものだが、リーは苛だったりせず、むしろ焦った。庇っちゃいけなかったかな、でも話しかけたのあたしだよ、と一瞬目を泳がせる。

救世主トマを探すが、彼女が近くにいないとわかるとテーブルの上を見つめた。珍しく動揺して、目を縁取る長い睫毛が小刻みに震えている。

リーはしばらくそうしていたが、急に下を向いたままパンに手を伸ばし、口に放り込んだ。そしてもぐもぐと忙しく顎を動かしはじめる。食べているときに話してはいけません、と昨日トマに教わったことを逆手にとることにしたのだ。

パンもぐもぐで時間稼ぎをしつつ脳をフル回転させていたのだろう。リーはごくりとパンを呑み込むと、優雅に「お優しい旦那様ですから、わたくしが庇う必要なんてないことはわかっていますけれど」と言った。

短時間で絞り出したにしては優秀な返答である。

「これからはわからないことがあったら旦那様にお聞きしますわね」

もう一言付け足したリーは、これで正解かな、大丈夫かな、と不安げに下唇を噛み、伏せたままの瞳をゆっくりと持ち上げた。

「笑わずに、教えてくださいますか？」

はからずも作り出された上目遣い。

緑色の瞳が睫毛越しに旦那様を捉えた。

旦那様、ノックアウトである。

愛しの奥様に「優しい」と言われ、頼ってもいいかと囁かれては、勝ち目などあろうはずがない。

給仕は拍手でもし出すのではないかというほど賞賛と崇拝のこもったまなざしをリーに向け、旦那様はぽかんと呆けた顔でリーを見つめた。

二組の瞳から熱烈な視線を送られたリーは、慣れない状況に戸惑いを隠せず、またなぜそんなに熱いまなざしで見つめられるのかも全くわからない。居心地が悪そうにもぞもぞと動いた末、口に入れたパンを喉に詰まらせてゲホゲホとむせた。

「レティーシア！　大丈夫か！　おい！　誰か、医者を！　医者を呼べ！」

形容詞のつかないレティーシアの名が旦那様の口から飛び出したのは、リーがここへやって来てからはじめてのことだ。

旦那様は席を立ち、長いテーブルを素早く回り込んでリーの隣に来ると、咳込む彼女を抱きながら片方の手で優しくとんとんと背中を叩いてやった。

「だ、だいじょ、だいじょうぶですから……い、いしゃは、いりませ……ゴホッゴホッ」

リーはしばらく咳込んだあと、旦那様に差し出された水を飲んで落ち着きを取り戻した。

いしゃ、と言ったときの表情からして、リーは医者嫌いらしい。

「わかった、わかったから。無理に話さなくてもいい」

旦那様はなおもリーの背中を撫でながら、リーの目にあふれた涙をそっと服の袖でぬぐった。

「ありがとうございます」

まだ喉に何か引っかかったような声を出しつつも、リーは口角を上げた。

顎の角度は奥様仕様ではなく、トマと一緒にいるときのいつもの角度。

それはレティーシア奥様の微笑みではなく、リー自身の笑顔であった。

「無事でよかった、レティーシア」

二度目の、形容詞抜きレティーシアである。

リーの微笑みにすっかり心を持っていかれた旦那様は、彼女を優しく抱きしめた。いつもの背骨が折れそうなあの抱き方ではなく、ふんわりと慈しむような抱擁だ。その柔らかな感触を味わうようにしばらく抱きしめたあと、ゆっくりと体を離し、今度はリーの小さな手を大きな手のひらで包み込んだ。

「愛しいレティーシア、すまない。君のこととなるとつい余裕をなくしてしまうのだ。給仕との会話にすら、たまらず嫉妬してしまった」

そう静かに言った姿は駆け出しの俳優ではなく、歳相応に落ち着きのある旦那様に見える。リーの姿を映した茶色い瞳には温かな火が灯り、その声は低く穏やかだ。

先ほどまで奥様に愛を叫んでいた新人俳優はいったいどこへ消えたのだろうか。

いや、むしろ、あの俳優はいったいどこから現れるのか。

使用人たちは穏やかな旦那様を見ても驚かず、安心してめいめいの仕事をこなしている。

「まるで子どものように取り乱して、情けない姿を晒してしまった。すまない」

取り乱したことよりもその大げさな台詞回しと演技過剰な行動が情けないのだが、
リーは首を大きく横に振った。

「いいえ。人間ですから」

「え?」

「人間ですから、取り乱すことも」

旦那様は泣きだしそうな顔でぎゅっと、手の中にあるリーの手を握りしめた。

「わからないことがあったら、いつでも遠慮なく私に聞くといい。決して笑ったりしないと誓うから」

分厚い雲のわずかな隙間からこぼれて差し込んだ朝日が、食堂の二人を照らす。

光に包まれた二人を取り囲む使用人から割れんばかりの拍手が沸き起こった。

その拍手の中で「だってあたしも、孤児院の先生がほかの子ばっかり構うって泣いたことあったもん。旦那様の気持ち、わかるなぁ」と呟いたリーの声は、その場の誰の耳にも届くことはなかった。


「卵、召し上がらないんですか？」

気を取り直し、感激しきりの様子で食事を再開した旦那様にリーが尋ねた。

先ほどから卵に熱い視線を向け、聞きたくてうずうずしていたのだ。

「いや……その、実は……卵はあまり好きではないんだ」

旦那様はばつが悪そうに言った。

「でも、体によいのでしょう？」

「たしかにそう聞くが……」

「お体のために、召し上がったほうがいいのではありませんか？」

リーの言葉に、旦那様は息を呑んだ。

「私のレティーシア、私の体のことを思ってくれるのかい？」

リーは顎を持ち上げたまま、こくんと頷く。

嘘である。確実に、嘘である。

リーは、ただ自分が卵を食べたいだけなのだ。

食べ方がわからないから、マネするために旦那様に食べさせたいだけなのだ。

だが旦那様は、それはそれは嬉しそうな笑顔になった。

うっすらと日に焼けた肌から覗く白い歯が眩しい。

「可愛い妻にそう言われては、食べないわけにはいかないね」

「わたくしも一緒にいただきますから」

こうしてリーは、まんまと旦那様に卵を食べさせることに成功し、その食べ方を知ったのであった。

そして勘違いしたままの旦那様がいたく感激して、以後奥様への愛情を一段と深めたことは言うまでもない。

2　執事アルフォード

それは朝食を食べ終え、部屋に戻る途中の出来事だった。

「キスって案外苦しいね」

「は？」

「キスって、案外苦しいね」

「……は？」

「キスって……」

「いえ、聞こえています。聞こえていますが……」

トマはリーをしばし見つめると、一つの可能性に思い当たり、すっと蒼褪(あおざ)めた。

「まさか、はじめてだったのですか？」

いや、そんな馬鹿な、そんなはずは、と焦るトマは固唾(かたず)を呑(の)んでリーの返事を待つ。

「うん」

リーはあっけらかんと頷いた。

「嘘でしょう?」

「いやだな、あたし嘘なんかつかないよ」

そう言うリーは、旦那様に大嘘つきましょうキャンペーン大展開中の身である。

「……なぜ……はじめてなのですか」

「キスしたことないから」

「はじめてという言葉の意味はわかります。そうではなく……なぜキスをしたことがないのですか」

「なぜって言われてもねぇ」

「……花売りだったのですよね?」

この辺りでは、花売りの多くは娼館の客引きや身売りも兼ねている。というよりも、「花売り」という言葉は「身売り」をオブラートに包んだ表現として人々の間で定着しているのだ。

だからトマの認識では、リーはそういう方面のことは当然すでに経験済みとなっていた。

それにしちゃあズレズレの答えが返ってきてはいたが、それはこの娘の生来の性格に起因するところが大きく、よもや経験不足が原因などとは露ほどにも思っていなかったのだ。

トマの顔はすでに血の気を失って真っ白になっていた。

「まさか……花……だけ売っていたのですか？」

「そうだよ？」

だって花売りだもん、というリーの言葉は決して間違っちゃいない。間違っちゃいないのだが、それを聞いたトマの顔からは大量の汗が噴き出した。庭園で使う散水機みたいな有様である。

「よく……よく……花だけ売って、生活できましたね……」

「うん。ときどき花市場の人が食べ物恵んでくれたし。あとは花畑にお花を摘みに行ったときに、その辺にある草食べたり。だからおいしい草はいっぱい知ってるよ。お腹壊す草も知ってる。あ、変なキノコ食べて死にそうになったこともあるよ。冬になると草があんまりなくなっちゃうから、木の根っことか木の実とか食べてた」

とどのつまり、トマが言う「生活」はできていなかったということらしい。生命の維持という意味では、まぁ、生きてはいたのだろうが。

しかしここまで来ると、トマの懸案事項はただ一つである。

キスがはじめてということは、つまり……

「もしや、生娘ですか？」

大事なことだからとトマはズバリ聞いた。

生娘という言葉の意味をわかっていないかもしれないと危惧したトマの度重なるダメ押しにも、リーはきっぱりはっきりと答えた。

「うん」

なるほどこの娘、すっ裸でも全く恥ずかしがらなかったのは慣れているからではなく、むしろ真逆だったからか。そういう面の精神的な成長が幼いころで止まっているので、「一緒にどう？」とトマを風呂に誘えるのだ。いわば、すっぽんぽんで水浴びを楽しむ子どもと同じ感覚だ。

トマは額をぐっと押さえ、それからよろよろと廊下を二、三歩進んだかと思うと、ふらりと床に倒れ込んだ。

小太りのトマが床に転がると、なんだか勝手に起き上がってくるような気がする。その丸さゆえ、倒しても倒しても起き上がる縁起物の人形——だるまを想起するのだ。しかし、トマが起き上がる気配はなかった。

「えっちょっ、トマさん！　トマさん‼」

リーは高飛車な振る舞いも忘れて必死でトマの名を呼びつつ、「誰か！　誰か！」と叫んだ。

花売りとして鍛えた声の通りはダテではなく、近くの窓がガタガタと音をたてて揺れる。

バカでかい声に呼ばれ、すぐに数人の使用人が飛んできた。

その中には、執事のアルフレッドの姿もある。ちらほらと白髪の交じる黒髪をぴっちりと撫でつけた、アスコットタイがよく似合う初老の男性だ。

「奥様、大丈夫ですよ。脈も呼吸も異常ありませんから、すぐに気がつくと思います。ベッドに寝かせてやりましょう」

「あ、じゃあ、あたしの部屋に！」

リーがあたふたと言い、トマは使用人たちに担がれてゆっくりと運ばれていく。

アルフレッドはそれを見送り、ひとり言のようにぽつりと呟いた。

「……『あたし』？　奥様はいつから、ご自分のことを『あたし』と……？」

アルフレッドの隣に立っていたリーはぎくりと肩を揺らした。

「あら、嫌だ、わたくしったら。焦りすぎて舌がレロレロしてしまったわ。『あたし』って、そう聞こえた？」

リーは慌てて苦しい言いわけをする。

「……舌がレロレロ……ね……そういえば私も経験がありますよ」

それはそれは明瞭な発音でそう言い、アルフレッドはうっすらと笑った。

「そうでしょう？　それじゃあ、わたくしトマの様子を見に部屋へ戻りますから。失礼いたしますわね、アルフォード」

ぴらりと優雅に手を振って、リーはさっと踵を返す。

アルフレッドは、奥様が名前を呼び間違えたくらいでは顔色一つ変えなかった。

さすがは領主の館で執事を務めるだけある。

自分が犯したドデカい過ちに気づかないリーは思い出したようにすっと背筋を伸ばし、顎を持ち上げドレスの裾をつまんでスススと奥様の部屋へと急いだ。

が、四、五歩進んだところですぐに足を止める。廊下の先が二つに分かれているのだ。

領主の館は決して迷宮ではないが、狭い路地裏の一角で生活をしていたリーにとっては充分に複雑だ。

リーはくるりと振り返った。

そこにはまだ、うっすらと微笑みを浮かべた執事の姿がある。

「あのう……わたくしの部屋は、どちらだったかしら？」

アルフレッドはその表情を崩さず、ただ片眉をわずかに持ち上げた。

「ご案内いたしましょうか？」

「ごめんなさいね。わたくしったら、トマのことで動転してつい……」

「ついうっかり部屋までの道を忘れてしまうことなど、珍しいことではございませんからな」

アルフレッドが言葉を引き取る。

「ええ。そうよね」

リーは幾分ほっとした表情になり、アルフレッドに続いた。

「三年仕えている執事の名を間違えることも、動転していたら珍しいことではありませんからなぁ」

リーを先導しながらひっそりと呟いたアルフレッドの表情は、とてつもなく陰険なものだった。

一方、奥様の部屋に担ぎ込まれたトマはアルフレッドの見立てどおり、ほどなくして目を覚ました。

トマを運んできた使用人たちが部屋を出て行ったあと、彼女は仰向けに寝ころんだまま額に手をやり、ベッドの縁に腰かけて足をぶらぶらと揺らすリーに問いかけた。

「……はじめてのキスがあれでよかったのですか？」

あれというのは、あの、食堂でのぶちゅーである。

「うん。あたし旦那様のこと結構好きだし」

「え……？」

トマは目を瞬（しばた）いた。

そりゃあそうだろう。

つい先日、旦那様に耐え切れなくなった奥様が逃げたところなのだ。その旦那様を結構好きだなんて、なんの冗談かと思うだろう。

だがリーは冗談を言っている様子ではなく、至って真面目な表情をしていた。

「うん。だって優しいし、かっこいいし。さっきも、背中を撫（な）でてくれたし」

「ええ……まぁ、そうですが……」

背中を撫でたくらいで何を、と言うことなかれ。

「あんな風に背中を撫でてもらったり、ぎゅって抱きしめてもらったことってほとんどないからさ。何かすごく安心して、ちょっとドキドキしちゃった」

そう。ずっとひとりぼっちだったリーにとって、それは特別なことなのだ。

「あたしのことじゃないけど、一生懸命好きだって言ってくれるし」

その言葉が心に突き刺さり、トマは額に当てていた手を目まで下げ、指で眉間を揉（も）みほぐした。

「ファーストキスは人生でたった一度しかないのに……もっとこう、おてんとう様の降り注ぐお花畑でとか、星降る夜空の下でとか、何かそれにふさわしいシチュエーションというものがあるでしょうに……」

とトマは苦しげに顔をゆがめる。

「でも、セカンドキスもサードキスも一回しかないよ？　三百六十五回目のキスだって、たった一回だけだよ」

「……たしかにその通りですが……」

「でしょう？　だから、どれも同じだけ大事だよ。おてんとう様の下も星空の下もこれからあるかもしれないから、一回目がどんなだって別にいいよ」

妙な説得力に押され、トマは自分が奥様のベッドのど真ん中に転がっていることも忘れ力強く頷いた。

「それにしてもよかった。トマさんが突然倒れるからびっくりしたよ」

「ええ。申し訳ありません。その……大丈夫でしたか？」

「うん。全然ダイジョブだったよ。執事のアルフォードさんともちょっと話したけど、あたしちゃんとしたから。全然バレてなかったと思うよ！」

「……アルフォード……」

トマは再び頭を抱え、うめいた。

惜しい、惜しいのよ……綴りにすればアルフォードとアルフレッドなんてほんのわずかな違いしかないのよ……でも、あのオヤジは勘が鋭い上に腹黒いのよ……ああ……考えなくちゃならないことがまた一つ増えたのね……

トマがぶつぶつ呟きながら眉間に皺を寄せる。

そのただならぬ様子に、リーは一瞬心配そうな顔をしたものの、すぐに明るく言う。

「トマさん、今日はここでゆっくりしてなよ！　お昼ご飯も夜ご飯も、あたしがあの呼び鈴引っ張って持ってきてもらうからさ！　そんでここで一緒に食べよう？　旦那様はお仕事で出かけるって言ってたから！」

トマの苦悩をよそに、呼び鈴の紐を引っ張るという大役を得たリーは大変満足げであった。

そしてその日「奥様が侍女頭のトマのためにご自分のベッドを快く貸してくださったばかりか、そのあともずっと傍を離れず始終気遣っていらっしゃる」というニュースは瞬く間にお屋敷中を駆け巡った。

使用人には驚きとともに受け止められたその知らせも、旦那様にかかれば「私の愛しいレティーシアはやはり、麗しい容姿にも負けぬ心の美しさを持っているのだな！　ああ、なんということだろう！」となる。奥様に愛を叫ぶ旦那様の隣には、笑顔のアルフレッドが静かに佇んでいた。


翌日の朝食後のことだ。

「奪い合いから、分かち合いへ」

奥様の部屋に戻ったトマは神妙な顔つきで言った。

その言葉だけを聞くと深い話をしているように見えるが、決してそんなことはない。

なんたって会話の相手がリーである。

会話の内容は、先ほどあった出来事――リーと旦那様のやりとりに起因するものであった。


朗々たる旦那様の朝の挨拶が終わり、むぎゅーぶっちゅぷはぁの恒例行事も済んだその時刻、食堂には比較的穏やかなときが訪れていた。まぁ、あくまでも「比較的」であるからして、別に食堂が静けさに包まれていたわけではない。旦那様の声は相変わらず必要以上に大きく、指の先の先まで力の入った動作はいちいち暑苦しい。その辺りはいつもと変わりはなかった。

奥様への思いの丈を切々と語る長ったらしい口上をようやく終え、旦那様は大きく息継ぎをして着席する。

「私のレティーシア！　さぁ今日もたくさんお食べ！」

言われなくたって最初からたくさん食べる気満々だったのは間違いないが、リーは黙って頷く。

リーが言葉を発しなかったのには理由があった。

「言い忘れておりましたが。奥様はどちらかというと物静かで、それほどおしゃべりはなさらない方でした。ですから、気をつけていただきませんと」

と昨晩トマに言われたのだ。

おしゃべりが大好きなリーは一日中トマにあれこれと話しかけ、その内容がまた元の奥様が好むものとはかけ離れていた。それで、このままではいずれバレてしまうとトマは危惧したのだ。

しかし、元来の話好きに黙れというのはかなり難しい。

話すことがなくて黙るならいい。だがリーは、しゃべりたくてうずうずしているのだ。

今も何か言いたげに口を軽く開き、それからハッとしたように口を閉じた。

奥様の一挙手一投足をその瞳に焼きつけようとしている旦那様がそれを見落とすはずはなく、「どうしたんだい、レティーシア？」と問いかける。

それでもリーは言葉を発することなく、ただただ旦那様を見つめた。

しゃべっちゃダメと言われたので、目で訴えかけることにしてみたらしい。

瞳をキラキラさせながら、何か言いたげな様子で見つめるのだ。旦那様でなくたって、そんなことをされたら気になって朝食どころではない。旦那様はすっかり魅入られ、もう一度呼びかけた。

「レティーシア？」

二度目の問いかけを受けたリーはトマを見た。

そしてトマがこくりと頷いたのを確認して、ようやく口を開く。

「おいしそうですね」

リーの口から何が飛び出すのかとハラハラしていたトマは、その言葉を聞くなりふーと息を吐き出した。

その一言くらい、許可なく発してもよかろうものを。全く、極端な娘である。

リーはそれから一応、

「旦那様もたくさん召し上がってくださいね」

と付け足した。

明らかに思いつきで放たれたその「付け足し」は、旦那様の心の琴線に触れたらしい。

「優しいレティーシア！　なんてことだ！　私のことを気遣ってくれるのか！」

旦那様は両手を広げて天井を仰ぎ、その感動のほどを全身で表現する。

なぜ旦那様がそんなに感動しているのかはよくわからない。

一応夫婦なのだから、互いの食事のことを気遣うのは当たり前である。

だが旦那様にとってはかくも意外で、かくも嬉しいことなのだ。

ようやく訪れかけていた静寂がまたしても崩れ去る気配が漂ってきたので、給仕たちは早く仕事を終えてしまおうと、そそくさと食事を並べはじめた。

案の定、旦那様はすっくと席を立つ。背筋をぴんと伸ばしたまま椅子から真上に伸び上がるいつもの立ち方である。

「ああ、愛しいレティーシア！」

奥様へのあふれ出る想いをまき散らしながらリーに駆け寄った旦那様は、ぎゅっとリーを抱きしめた。

むぎゅうぶっちゅぷはぁ再びか、と使用人たちは目を逸らす。見慣れているとはいえ、凝視するのは憚られる。

リーは突然がばりと抱きつかれて驚くでもなく、その視線は旦那様の肩の向こう側にあるたくさんの皿にロックオンしていた。朝食だというのにこれでもかというくらい豪華な料理たちが、食べられるのを今か今かと待っている。

「ああ、可愛いレティーシア！」

リーが料理に熱い視線を送っていることになど気づいていない旦那様は、さらに腕をぎゅっと締める。その腕の中でリーが「んむっ」と苦しげな声を上げたのも聞こえていない。さすがに締めつけが強すぎ、リーの視線が皿から離れてゆらゆらと宙を漂った。

それからしばらくの間、リーは考えている様子だったが、急に何か思いついたように眉を上げた。それから小さな手を旦那様の背に回してぎゅっと力を込める。

「レ、レティーシア！」

旦那様はカエルの断末魔（だんまつま）みたいな声を上げ、リーの体を離した。

「あ、ごめんなさい。苦しかったでしょうか？」

「いや、違う！　苦しかっただなんて……！　そうではなくて、君が、君が抱きしめ返してくれるなんて……！」

むぎゅぶっちゅぷはぁは、本物の奥様がこのお屋敷にいたころから毎日繰り返されてきたのだ。それなのに、奥様が旦那様を抱きしめ返すことはほとんどなかったのだろう。

涙がちょちょぎれる。

リーの背後にひかえていたトマは慌てて一歩前へ踏み出そうとしてぴくりと動いた。あんまり奥様らしくない行動をされるとバレてしまうと思ったのだ。

しかし、結局トマの足が踏み出されることはなかった。

すぐ傍に立つアルフレッドから視線が飛んできたからだ。彼の冷たい笑みは「まさかこの状況でお二人の間に割って入るような、無粋なマネをするつもりではないな？」と脅していた。

「旦那様が抱きしめてくださると安心するものですから。私もお返しできればと思って」

リーの言葉に、旦那様の顔がくしゃくしゃになった。

後にリー自身がトマに「いやぁだって、人助けって言われて来てみたら旦那様はかっこいいし、きれいなお家だし、おいしいご飯ももらえるし。なんかお礼しないと、と思ってさぁ」と語ったとおり、リーの行動は一宿一飯の恩義に報いるためにすぎない。

加えて、「ぎゅってする旦那様の力が強すぎて背骨がキシキシしたから、同じように強く抱きしめたら痛いって気づいてくれるんじゃないかなぁと思って」とも言っていた。

実はこちらの理由がメインのようだ。

だが旦那様にしてみれば、それは愛しい奥様からの愛情表現なのである。よほど感激したと見え、リーの小さな体をこれでもかというほど締め上げた。あまりの力強さに驚いたリーは、旦那様の体に回した腕を反射的にきゅっと締める。結果、旦那様の感動に拍車がかかった。

「レティーシア！　君がそんなに強い抱擁を……！　ああ……！」

とか言って、旦那様は恍惚の表情を浮かべている。

そこに「旦那様、それは奥様を絞め殺そうとなさっているのですかな？　別にお止めはいたしませんが」という声が割って入らなければ、リーの背骨は一本くらい折れていたかもしれない。

アルフレッドの言葉に、旦那様は慌ててリーの体を離した。

「す、すまない……！」

トマは「止めろ。執事なら止めろ」と非難を込めた視線をアルフレッドに向けている。

しかし、執事はその視線に顔色一つ変えない。

旦那様から解放されたリーはあばら骨の辺りを軽くさすったあと、にっこりと笑った。

「大丈夫ですわ」

まぁ、女性の腰回りをぎゅうぎゅうに締めつけているコルセットなどという代物に比べれば、旦那様の抱擁なんて可愛いものかもしれない。

リーが責めないので、かえって反省を深めた旦那様は急にしょんぼりとなった。使用人たちはどうしていいかわからないという様子で、顔を見合わせる。

「旦那様、食事をいただきましょう?」

リーの明るい声がなければ、食堂が葬式のような雰囲気になったのは間違いない。むろん、リーはただただ早くご飯を食べたかっただけで、旦那様を元気づけようとかフォローしようとかそんな気はないのだろう。だが、旦那様は、「ああ……! 本当に、君という人は……! いつも優しいのだな……!」と言いながら席に戻ったのだった。

「さぁ、食べようか」

ようやく、である。

リーはやっと食事にありつけることがよほど嬉しいらしく、わくわくと目の前に置かれたスープを見つめた。スプーンを手に取り、それをゆっくりとスープに沈めて……

カラン、と堅い音がした。

スプーンの柄が皿の縁に当たった音だ。

食事のマナーとしては、あまりよろしくない。

だが、当のリーは完全に動きを止めている。緑の瞳が揺れ、視線が緩やかに食堂を巡った。

「奥様……？」

異変に気づいたトマが声をかけるが、リーからの返事はない。

しばらく耳を澄まし、リーは「失礼いたします」と言ってゆっくりと立ち上がった。

旦那様は驚いてリーを見たが、食事中に立ち上がった彼女を咎めることはなかった。

まぁ自分だって縦横無尽に食堂を駆け回って奥様への愛を絶叫するのだから、咎められない。

トマははらはらとリーをじっと見つめている。

リーは耳を澄ましたまま足音をたてないようにそろりそろりと食堂の中を歩き、少ししてハッとしたように窓のほうへ目をやった。空気を入れ替えるためか、窓はわずかに開いている。

リーはそこへ駆け寄って、窓をぐいと大きく開け、下を覗きこんだ。

「ああ！」

リーは何かを見つけ声を上げる。そしてすぐにタタタ、と足音をたててテーブルに戻ると、置いてあった焼き立てのパンをきゅっと握った。

驚いたのは旦那様である。

「どうしたんだい、可愛いレティーシア?」

困惑気味に尋ねられ、リーは大きな瞳を幾分揺らしながら答えた。

「あの、窓の外に……」

その言葉を聞くなり旦那様は立ち上がり、窓辺に急ぐ。

そして、先ほどリーがしたのと同じように窓から下を覗き見る。

外に大きく身を乗り出した旦那様が部屋の中に上半身を戻したときには、その手の上に小さな黄色い塊が乗っていた。

「ぴちょぴちょだ。何か拭くものをここへ」

その言葉にしたがって侍女のミルドレッドがすぐに歩み出て、手拭きの布をすっと差し出す。

旦那様はその布でそっと黄色い塊を包み込み、優しく撫でた。

チュクン、チュクン。

布の中から小さなさえずりが聞こえる。どうやら旦那様の手の中にあるのは小鳥らしい。

旦那様はしばらくそうして拭いてやって、手をそっと広げた。まだ湿った羽毛が体の周りでぽわぽわと広がり、小鳥は黄色くて丸っこい姿をさらしている。

「よくお気づきになりましたね」

トマに言われ、リーはこくりと頷いた。

「鳥の鳴き声には敏感なの」

「愛しいレティーシア！　ああなんて心優しいんだ！　君はそのパンをこの小鳥にやろうと思ったのだね！　なんということだろう。本当に君の心は清らかだ！」

旦那様は大仰に感動を表した。

たしかにリーの手には、パンが握られている。

だが、リーは旦那様の言葉に面食らったような顔をした。

どうやら、パンを小鳥にやろうと思っていたわけではないようだ。

「少し弱っているけど、食べたらきっと元気になるよ！」

旦那様は小鳥をリーに差し出した。

リーは旦那様を見、小鳥を見、そしてパンを見て、やがて決心したようにパンを一かけらちぎり取ると、小鳥にそっと差し出す。

小鳥はジュクリジュクリと満足げに鳴いて、その手からパンをついばんだ。

「ふふっ。くすぐったいです」

リーは身をよじりながら言う。

その様子に、旦那様は微笑んだ。

小鳥はときおり鳴き声を上げながら器用にパンをついばむ。

その動きをつぶさに観察して、旦那様が言った。

「どうやら怪我をしているようだな」

水を払おうとして体を震わせる動きがどこかぎこちない。

「こちらの羽がきちんと閉じていない。昨日は随分とひどい嵐だったから、木の枝か何かでひっかけたのかもしれないな」

旦那様はそう言ってひょいと小鳥の羽を持ち上げて覗き込んだ。

途端に小鳥がジュクジュクと鳴いて旦那様の手を逃れようとする。

「こら、暴れるな」

優しい声でそう言い聞かせながら、旦那様はどうにか小鳥をなだめて羽を観察した。

「ああ、小さな傷がある。だがそれほどひどくはないようだ。温かくして充分に食べ物を与えればすぐに元気になるだろう」

旦那様の頬が緩み、リーもにっこりと笑った。

「パン、たくさんあるから。たくさん食べて」

リーの手のひらには小さなパンのかけらがたくさん載っている。

「本当に、私のレティーシアの優しいことといったら……！　小鳥にパンをやるだなんて、心が美しくなければ考えつくはずもない……！」

旦那様は誇らしげに奥様を見つめたのだった。


「まぁ、あたしもそんなの考えつかなかったけどね」

食事を終えて部屋で文字の練習をはじめるなり、リーはトマに告白した。

「へ？」

これにはトマも驚き、リーのペンの持ち方を直そうと添えていた手を離す。

「ではなぜ、小鳥の声に……？」

「言ったでしょう。小鳥の声には敏感なの」

「なぜですか？」

「小鳥のいる場所には気をつけてたから」

「小鳥がお好きなのですか？」

「ううん、嫌いなの」

「え？」

予測していなかった返答にトマが困惑していると、リーは付け足した。

「だって小鳥、あたしの食べ物とるんだもん」

「へ？」

「街にいたころにさぁ、ときどき、食べ物を恵んでもらえることがあったの。通りかかった人とか、花屋の人とかから。それでさぁ、パンをもらうと嬉しくてね」

「ええ」

「もったいないから何日かに分けて食べようと思ってとっとくんだけどさ。そのとっといたパンを鳥に食べられちゃったことが何度もあるんだよね」

食べられたと言ったって、小鳥である。

そんなに大した量でもあるまいに、と言うトマに、リーは首を横に振った。

「家に帰ったら小鳥があたしのパンに群がってんだよ」

なるほど。一羽ではなかったらしい。

「すんごく大事にとっといたのに、バラバラにされてて」

「ということは、……今日窓の小鳥に気がついたのは……」

「にっくきパン泥棒が現れたと思ってさ」

つまり、どこかから聞こえた幽(かす)かな鳥のさえずりに耳を澄(す)ましていたのは、小鳥を心配してのことではなかったらしい。

「パン、とられちゃうんじゃないかと思ってさ」

「それでパンを握りしめた、と」

「うん」

トマは額を押さえ、んーっと唸り声を上げた。

あのときリーが見せた表情は、小鳥を案じてのものではなかったのだ。

パンを奪われてはならぬという固い決意のもと自分のパンを守るべく、臨戦態勢に入っていたにすぎない。

「なるほど……そういうことだったのですね」

食べ物の恨みは恐ろしいとはよく言うが、小鳥に対してその恨みを抱いている人間はそれほど多くはないだろう。

「でもよく考えたら、今は小鳥にとられちゃう心配なんていらなかったんだよね。たくさんあるから」

リーは大きな欠伸をした。今なら、リーが望めばいつだって好きなときに焼き立てのパンが食べられる。それも、ライ麦のパン、カラス麦のパン、小麦のパン……望む種類の、望む大きさの、望む焼き加減の物を食べることができる。

だが、かつてのリーはたった一つのパンを小鳥と奪い合っていた。窓の外の幽かな鳴き声に反応してしまうほど。

　リーがあっけらかんとしているのでつい忘れそうになるが、彼女はずっとひもじい思いをしてきたのだ。

「あたし今は毎日満腹だからさ、分けてあげても平気だったんだけど。つい、昔の癖でね」

「本当に街での生活は大変だったのですね」

　トマは胸を痛めた様子で言った。

「うん、ひもじかった」

「……今は、お腹いっぱい食べられますね」

「うん。だから、あたしここにいるのが好き」

　お腹いっぱい食べられる。リーにとってはそれだけでこのお屋敷にとどまる理由は充分なのかもしれない。たとえ旦那様がどんなに暑苦しかろうとも。

「皆がお腹いっぱいに食べられるようになればいいのにね」

　リーは静かに言った。

「そうですね」

　それは決して簡単なことではないだろう。

「奪い合いから、分かち合いへ」

トマは言った。

「誰もがそんなふうに、なれたなら」

分かち合えるのは、豊かさの証（あかし）だから。

「あたし、やっぱり幸せだなぁ」

リーは小さく呟（つぶや）いて、そして小さく微笑（ほほえ）む。

窓の外からは、明るいさえずりが聞こえていた。

3　奥様と旦那様

早朝のことである。

緑の丘の上に佇む豪壮な邸宅に、女性の甲高い悲鳴が響きわたった。

「どうした！　トマ！」

寝台からガバッと半身を起こし、寝ぼけ眼でそう言ったのは、このお屋敷の旦那様である。

「な、なぜ……旦那様がここに……」

トマが驚くのも無理はない。

ここは奥様の部屋。

旦那様が今しがた起き上がった場所は、奥様の寝台である。

「ああ、なんだ、そんなことか」

そう言いながら旦那様は寝台からゆっくりと足を下ろし、立ち上がった。

「今日も冷えるね、トマ」

トマはアワアワして、返事をするどころではない。

んーっと一発大きな伸びをしてから、旦那様はベッドの脇にそっと屈み込んだ。

「トマの悲鳴にも目を覚まさないとは、我が愛しのレティーシアはよほどお疲れと見える」

奥様の額に羽のように軽いキスを落とした。

「……なぜ……なぜ……」

「なぜ私がここにいるかって？　窓から入ったんだよ。ほら」

旦那様が指をさした先には、バルコニーにつながる大きな窓がある。今は厚手のカーテンに覆われているが、たぶん窓が開いているということなのだろう。

「でも、鍵を……」

トマの手は、昨夜の動作をなぞるように宙を漂う。トマは昨晩たしかに、窓の錠をすべてきちんと確認し、扉に鍵をかけてから奥様の部屋を辞したのである。本物のレティーシア奥様が屋敷にいたころからこの部屋の戸締りを欠かしたことはなく、それは防犯対策というよりも旦那様対策というべき代物なのだ、とリーに説明してもいた。

「ガラスを割ったんだ」

悪びれもせずにそう言った旦那様は、分厚いカーテンを持ち上げた。そこには哀れ、バリバリに割られた窓が見える。トマの旦那様対策は役にたたなかったということだ。いや、侵入に手間がかかるという点ではある程度役にたったのかもしれないが、そんな手間など旦那様にとっては簡単に乗り越えてしまえる程度のものだった。

割れた窓から部屋に忍び込む冷気にぶるりと体を震わせて、トマは額に手をやる。

この世界のどこの旦那様が、自分の屋敷に忍び込むためにガラスを割るというのだろう。

そもそも、自分の家に窓を割って忍び込まざるを得ない状況に置かれている旦那様がどこにいるのか。

「……それで旦那様、お怪我はございませんか？」

額を押さえたままトマは問うた。どんなときでも雇い主への気遣いを忘れないこの侍女魂、あっぱれである。

「腕をほんのちょっと切ったよ。バルコニーに手頃なものがなかったせいで、肘で割らなくてはならなかったからね」

「拝見しても？　必要なら手当てをいたします」

旦那様は「ただのかすり傷だよ」と言って肩をすくめ、服の袖をまくって腕を突き出す。そこについているのはたしかにほんのかすり傷であった。

トマは少し安心したように頷いて、ため息をつく。

「月のものの間はお体に障るのでと、あれほど申し上げておりますのに」

トマは気遣わしげに奥様、もといリーを見つめた。

あどけない寝顔はまだほんの子どものようである。それがついに野獣に喰われてしまったのかと、トマは悲痛な表情をした。

「私もそこまでひどいことはしない。抱きしめて眠っただけだよ」

「……は？」

「だから、抱きしめて眠っただけだ」

「……旦那様が？　いやまさかそんなはずは……」

「まるで私を野獣か何かのように言うんだな」

苦笑した旦那様だったが、トマがその言葉に何も答えずに少し眉毛を持ち上げたのを見て渋い顔になった。

「……トマ……」

「……否定はなさいませんでしょう？」

「……まぁ……」

そのあとトマに促されて旦那様が語ったところによれば、奥様の寝台で朝を迎えたのは次のような事情からである。

五日前、すなわちトマが倒れた日の夜半に、領内で中規模の火事が起こった。幸い死者は出なかったが、木造の家屋が数棟全焼するなど被害は決して小さくない。

火事の一報を受けた旦那様はすぐさま現地に駆けつけ、原因を究明したり、被災者の生活支援の指揮をとったり、ほかの地域でも同様の火災が発生しないように対策を検討したりと、右へ左へと大忙しであった。

そのせいでこの数日、最愛の妻と食事を共にすることができなかったのである。風呂と閨を共にすることを禁じられている期間の唯一の楽しみといってもいい奥様との食事ができなかったのは、旦那様にとって何よりつらいことだった。しかも、真夜中過ぎて屋敷に戻る生活では、食事はおろか顔を見ることさえままならない。

そんな生活が四日も続きついに我慢ならなくなった旦那様は、バルコニー伝いにこの部屋にやって来て、窓からそっと奥様の寝顔を覗き見ようと考えた。

季節は冬、夜中ともなれば凍てつく寒さの中、かじかむ手足に鞭打って奥様の部屋のバルコニーにたどり着いてみれば、なんとカーテンがぴっちりと閉じられ、覗き見ることすらかなわない。

なんの収穫もなく元来た道を戻るには、旦那様は疲れすぎていた。そこでやむなく、窓をぶちやぶって奥様の部屋に侵入したのである。

物音で最愛の奥様が起きはしないかとひやりとしたものの、全くそんな気配はない。寝台ですやすやと眠る奥様の姿をじっと見つめていたら、寝言を言っているのに気がついた。その口元に耳を近づけると、何やら楽しそうな夢を見ている様子である。


「……なぜ赤面なさっているんですか」

「いや、赤面なんてしていない」

「……まぁいいでしょう。続きをどうぞ」


奥様の寝言をもっと聞こうとさらに顔を近づけると、体を支えるために寝台に置いた手が人のぬくもりを感じ取った。バルコニー伝いに外を渡って来て体が冷え切っている旦那様にとってそのぬくもりは抗い（あらが）がたい魅力を持つものだった。

奥様はこの間の朝食の席で自分の体温は低いと言っていたが、どんなに体温が低くとも人を包んでいれば、その布団の中は外気よりもずっと暖かくなる。旦那様はつい、布団の中に自分の両腕をそっと差し込んだ。

かじかんだ手にしみわたる熱。

ちょっとだけだ、ほんの一瞬暖をとるだけだと自分に言い聞かせつつ掛布団の下に潜り込むと、その心地よさは天国かと思うほどであった。そして隣で静かに寝息をたてる奥様の体を抱きしめてみると、それは至上の幸福で、もはや布団から出ることなどできなかった、と。

かくして、朝になり奥様を起こしにきたトマが大きな悲鳴を上げることになったのである。

「抱きしめただけ……ですか？」

「そうだ。体に障りのないよう、無体はしていない」

旦那様はまるで腕の中に今も愛しい妻がいるかのように、腕をふんわりと丸く体の前で交差させる。

「その、手の動きはなんですか」

ほんの一瞬、旦那様の指が何やらそわそわと動いたのを、トマは見逃さなかった。

「……揉んだのですか」

旦那様は答えず、目を泳がせている。

「……揉んだのですね」

旦那様は観念したようにああっと声を上げた。

「だって！　愛しいレティーシアが私の腕の中にいるんだ！」

「ご無体（むたい）はなさっていないとおっしゃいましたわ」

「くっ……本当にそれ以上のことは……」

トマはしばらく胡乱（うろん）な目で旦那様を見たあと、部屋の様子を確認して、胸をなでおろした。部屋はいつもと変わらず秩序を保っている。まぁ旦那様の言葉に嘘はないのだろう。

「それにしても、可愛いレティーシアは小さな物音でもすぐに目を覚ましていたのに、今日は本当によく眠っているようだね」

「そうですね。色々と頑張っておいでですから、お疲れなのでしょう」

そう言ってトマはリーを見やる。

リーが色々と頑張っているのは本当のことだ。だが、死んだように眠っているこの娘は、小さな物音ですぐに目を覚ましていた人ではない。だから目を覚まさないのが疲れのせいか、もともと眠りが深いせいなのかはわからない。

「……ところで、奥様は寝言でなんとおっしゃったのですか」

取るに足らないことを話の流れで尋ねてみたという感じを出してはいるが、トマは内心気が気ではない。なんたって、替え玉がバレるようなことを口走っている可能性があるのだから。

　そんなトマの問いに対し、旦那様は答えようとせず、やたらと頬を緩ませて嬉しそうにしている。あまりにも目まぐるしく頬を緩めたり引き締めたりを繰り返すのでよくわからないが、これはどうやらはにかんでいるらしい。

「……その表情は、何を意味するのですか」

「いや……実は……」

「なんですか」

「その……ぐふっ」

そのとき旦那様が発した音は思春期の少年ならともかく、齢三十を超えた地位ある人が発する類のものではなかった。

　トマは一瞬オエッとえずいたが、すぐに平常時の顔に戻す。

旦那様は頭の中がお花畑で彼女の表情の変化に気づかなかったのか、それも気にならないほど浮かれているのか、トマの失礼な態度を咎めなかった。

「……実は、私の名を……私の名を、しきりに呼んでいた。ジュール、と」

　ああ、なるほど、とトマは納得する。

旦那様が火事の始末に奔走している間、リーはひたすらお勉強をしていたのだ。

文字の書き方やお屋敷のこと、領内の歴史などが主な内容ではあったが、もちろんそこにはリーの苦手な「お名前覚えましょうタイム」が設けられた。

リーがアルフレッドを「アルフォード」と呼んだことでトマの危機感に火がつき、抜き打ちで「旦那様のお名前は？」とか「Mから始まる侍女、女中の名前を五つ答えよ」とか、そういったテストが一日の中にちりばめられたのである。

　案の定リーは苦戦し、「アルフォイ」とかいう胡散臭さ満点の名前を生み出したり、「クリドレッド」という最新鋭の髪型みたいな名前を作り上げたりしながらも、なんとか旦那様の名前「ジュール」だけは十回中八回くらいの的中率になった。

　そんなわけで、リーは夢の中でもうなされていたに違いない。

旦那様がずっと一晩中目を覚ましてリーの寝言に耳を傾けていたら、間違いなく「アルフレッド」とか「ミルドレッド」とか「レティーシア」とかいう呟きも聞いたことだろう。

「ああ……だが、私の名だけではなかったな」

　トマはその言葉に小さくうめく。

「義兄上の名前も呼んでいた。アルフォード、と」

　そういえば奥様のお兄様の名前はアルフォードでしたね、とトマはホッとした。リーはアルフレッドのつもりでアルフォードと言ったに違いないが、奥様の兄の名前のおかげでバレずに済んだのは幸いである。

コンコン。

ひかえめなノックの音がして扉がゆっくりと開く。

そこには執事アルフォ……いや、アルフレッドが立っていた。

「旦那様、こちらでしたか。お探しいたしました。そろそろ朝食の準備が整いますので、お召し物を……」

「ああ……そうだな！　今日は可愛いレティーシアと久しぶりに朝食を共にできるのだな！　なんたる喜び！　今日はレティーシアの大好きな赤い服にしようではないか……！」

輝く笑顔の旦那様は颯爽と部屋を出て行った。

残されたのはトマと執事アルフレッド、まだ夢の中のリー奥様である。

執事は旦那様の背中を見送って部屋の扉を閉め、小さくため息をついた。

「全く、奥様の傍におられるときの旦那様といったら」

「随分とお元気になられますよね」

トマが言うと、アルフレッドは目をすっと眇めた。

「お元気……とな」

「ええ、違いますか？」

「そうか、トマは……」

「なんですか」

「以前の旦那様を知らないから、そんなことを言えるのだ」

「以前の旦那様？」

「奥様が嫁いで来られたときに雇われた君は、奥様が来る前の旦那様を知らないから」

「どういうことですか？」

「旦那様は物静かで思慮深く、穏やかなお人柄だった。それなのに……今だって、奥様から十歩も離れればあんな態度はすっかり消えてなくなるというのに。あの芝居じみた振る舞いをやめて真顔に戻るその旦那様を、君は見たことがあるか」

薄く笑っていることの多い彼の口元が、今は固く引き結ばれている。

「……いいえ」

トマの返答はわかっていたのだろう、執事は軽く数度首を振っただけで何も言わなかった。一旦視線を床に落として絨毯（じゅうたん）の柄を目で追い、小さなため息をつく。そして、顔を上げた。

「それで、旦那様はなぜここに？」

「忍び込まれたそうです。ガラスを割って」

トマはつかつかと窓際に寄り、カーテンを持ち上げて惨状を見せる。

「なるほど。今日にも業者を呼んで直させなくては。この季節に窓が割れているのは奥様にとってさぞかしお辛(つら)いだろう。それとも……」

そう言ってアルフレッドはうっすらと笑う。

「この部屋でなく、元の部屋にお戻りになるという手もあるが？　ここよりも広いのだし」

すっかり普段のうすら笑いを取り戻した執事に、トマは蒼褪(あおざ)めた。

「旦那様の執務室からご夫婦の寝室を通って自由に行き来のできる、奥様の部屋だ。もともと奥様のためにとご用意していたにもかかわらず、旦那様が自由に行き来できるのが気に入らなかったのか、そこからちょうど反対側のこんなに遠い場所に、新たに部屋を設けるとはな」

トマはどう答えたものかと唇を噛(か)みしめた。

「……おや？　これは？」

トマをじっとりと見つめていたアルフレッドが、奥様の机の上から一枚の紙切れを取り上げた。

トマはハッとし、いつにない俊敏な動きで彼の手からそれをむしり取ろうとする。

しかしアルフレッドはそのタックルをひょいとかわす。

「何々……おや、暦のようだな。ほう……なるほど。これは面白い。これによると、奥様は明日お風邪を召される予定なのだな？　そして……？　明後日には風邪は一応回復するものの……大事を取って明々後日までは旦那様には近づけないことになって？　ほうほう、そこから三日間は腹を下される、となﾠ。そして……？　ああ、その翌日は旦那様が視察で夜半過ぎまで戻られず……翌々日からはまた月のものが訪れて……ははぁ」

アルフレッドは紙切れを宙に放り投げた。

ひらりひらりと床に舞い落ちるそれをがしりと掴んだトマは、ゆっくりと顔を上げた。

面前にはアルフレッドの細い笑み。

「……なかなか面白い。それで？　次は、月のものが月に三度あるとでも言い出すか？」

執事のアルフレッドは、レティーシア奥様の嘘などとうに見抜いていたらしい。

「私をアルフォードとお呼びになったあの方は、いったい何者でいらっしゃるのかな？」

「奥様です」

トマは平然と答える。執事のチクチクとした嫌味には慣れっこだ。アルフレッドが疑いを持っていても、いや、ほとんど確信していたとしても、トマかリーが口を割らないかぎり、彼がそれを証明するのは容易ではない。トマの瞳には、絶対に真実を明かさないという固い決意があった。

「……あくまでもシラを切るか。まぁいい、答えには私自身の力でたどりつくとしよう。それに、この暦に異論をさしはさむつもりはないね」

「……え？」

「この暦どおりに行けば、旦那様と奥様が睦み合う機会はなかなか訪れないようではないか？」

その通りだ。リーが生娘と知ったトマはなんとしても旦那様とリーが閨を共にする事態を防ごうと必死で考えをめぐらせた。その苦肉の策がこの暦に詰め込まれた、奥様に降りかかる幾多の災厄だ。

早い話が、旦那様と閨を共にできない言いわけのオンパレードである。

「そこに寝ておられる奥様が何者かわからぬかぎり、私としてもそのほうが都合がよい。どこの馬の骨ともわからん女が旦那様の御子など身ごもってみろ。大変なことになるからな」

なるほど、さすが執事。

旦那様のこと、そして領主としての立場に思いが至っている。

「そんなこと、考えもしなかったか？」

トマはじっと凝視されてややひるんだが、すぐに深く息を吸い込み、それを吐き出しながら力強く言った。

「……何をおっしゃっているのかわかりません。その暦は昨年の出来事を書きとめたものです」

「なんとでも言え。とにかく、私はそれを妨害する気はない」

アルフレッドは表情を全く変えることなく静かに宣言する。

「そろそろ奥様を起こして、朝食の席へ。旦那様がお待ちかねだろう」

「わかりました」

軽く頷いたトマは、リーをアルフレッドの視線から隠すように二人の間に体を入り込ませた。そして、扉の前で足を止めた執事の背中をじっと見つめる。

「……トマ、なぜこのようなことに？」

アルフレッドは振り返らずに言った。

「どこで誰が何を間違った？　どうしてこうなった？　旦那様は離れゆく奥様の心をなんとかつなぎとめようと愚かな振る舞いを……ただただ、奥様を深く愛しておられるだけなのに……」

　答えを求めていないその独白は、窓から吹き込んだ冷たい朝の空気に絡めとられて散った。

「……私の望みは、旦那様と奥様の幸せです」

　トマの言葉に頷いて、アルフレッドはゆっくりと扉を開けて去る。

　それを見届け、トマはリーをそっと揺り起こした。


「うわー！　今日は桃色のドレスなんだね！　春みたい！　春みたい！」

　旦那様が赤を着ると言っているからと気を利かせたトマが選んだドレスの裾をぴらりと持ち上げてリーはほくほくと笑った。夜のうちに布団に侵入者があったなど全く気づいていない。

「……奥様。実は、夜中に旦那様がこの部屋にいらっしゃって……」

「あ、そうだったの？　全然気づかなかった！」

「朝までここにいらしたのですよ」

　ここ、と言って指差したのは奥様の寝台。

　だがそれを聞いても、リーが表情を変えることはなかった。

「そうなんだ！」

「お嫌では……なさそうですね」

トマもそろそろ慣れてきたらしく、やっぱりね、と軽く言った。

基本的に、この娘を相手にあれこれと細やかなことを心配するだけ無駄なのだ。

「うん。別に？　夜ひとりで寝るのってちょっと寂しいからさ。毎日来てくれてもいいのにね！」

そんなことをしていたら、トマの神経がすり減ってそのうちなくなってしまう。

「子どもの添い寝ではありませんからね。毎晩来て何もせずに朝帰っていくわけにはいかないんですよ」

「何もせずにって？」

リーは眉毛をひょいと持ち上げてとぼけた顔をする。

「寝るでしょう？　夜なんだから」

そう続いた言葉にトマは、ええそうですよその通りですとも、寝るんですよ、色んな意味でねとぼやく。生娘という言葉の意味を知っていたのだから当然その意味もわかりそうなものだが、リーはなぜかこういう察しが異常に悪い。

明らかにわかっていないリーを見て、トマは小さくため息をついた。

「……何もせずにというのはつまり、奥様に手出しをせずに、ということです」

「手出し？」

「ええ」

「ふうん、そっか」

リーはそう言って、鏡の前でくるりと回って全身を眺める。

この娘はトマが言いたいことを全く理解していない。

トマだって、リーの「ふうん、そっか」が「よくわかんないけど、ややこしそうだからまぁいいや」という意味だということくらいは察している。でも、長々と説明したところでどうなるものでもなし、とりあえず旦那様がもう二度とこの部屋に忍び込めないように窓を頑丈なガラスに替えてもらえばいいのよね、と自分に言い聞かせ、トマは何度も頷いた。

朝っぱらから、奇想天外な旦那様と腹黒系執事の相手をして疲れ切っているところにリーのこの無邪気さである。そのうちトマの胃に穴が開きそうだ。

朝食のために食堂に向かう道すがら、リーは「なるほどここを右……」「こっちを左……」「そんでこの階段……」と道を覚えようときょろきょろする。

食堂に入ると、すでに両手を広げた旦那様が奥様の登場を待ち構えていた。

「愛しいレティーシア！　今朝は一段と輝いて見えるよ！」

奥様の輝きよりも旦那様がいつからこうして待っていたのかが気になる。両手を広げてずっと立っているのはそれなりにしんどいはずだが、愛のなせるわざなのか、それとも、見かけによらず肉体派なのか。

広げられた手が当たるか当たらないかという絶妙な位置にひかえた執事は、旦那様のその様子を横目で見つめて、ほんの小さなため息をこぼす。

旦那様は相変わらず暑苦しいが、リーはおびえるでもシラケるでもなくにっこりと微笑み、「ええ、旦那様」とだけ答えて長いテーブルに並ぶ豪華な朝食に瞳を輝かせた。

そんな奥様の反応に上機嫌な旦那様は濃紅の上着を翻してかつかつとリーに歩み寄り、小さな体を力いっぱい抱きしめる。

ぎゅーっ。

ぐえっ。

ぶっちゅー。

ぷはぁ。

セカンドキスも、ファーストキスと変わり映えはしなかった。ロマンチックなシチュエーションでのキスはかなり遠そうである。

朝の恒例行事が終わり、旦那様はリーの両肩に手を置いてその顔を眩しそうに見つめた。

「ああ、君の寝顔に勝るものはこの世にないよ！　可憐なその姿といったら、思わず食べてしまいたいほどだった！」

色んな意味できわどい発言にトマは身震いするが、リーは動じず、「お腹を壊しますよ」という実に的外れな助言を垂れた。

そして、そんなリーの言葉など聞いちゃいない旦那様である。

「いやだがしかし、そのエメラルドのように深くて澄んだ緑色の瞳の魅力もまた捨て難い！　やはり起きているときのほうが美しいだろうか！」

「いや」も「だが」も「しかし」も同じような意味なのでどれか一つでいい。それだけで随分と息の節約になる。

吐ききった分を取り戻すようにすうと息を吸い込んだ旦那様は、片手を目の前に掲げ「ああ！　なんと悩ましい！」と、斜め上の天井を仰ぐようにして最後の一言を言い切った。

舞台ならまばゆいスポットの中でこの台詞が放たれ、台詞が終わると同時に暗転するのだろうが、いかんせんここはお日様の燦々と降り注ぐ食堂である。暗転なぞするはずもない。天井に向けた顔を旦那様が元に戻す瞬間、なんともいえない微妙な空気が食堂を包んだ。

しかしというか、やはりというか、旦那様は妙な空気を気にとめるでもなく顔の角度を戻し、満足げに手を下ろした。奥様の寝姿と起きている姿のどちらが美しいかでこんなに悩めるなんて領内が平和な証だ、と思えばそれも悪くはない。

それから旦那様は長い食卓の端と端、向かい合った席につこうと再び上着の裾を翻してすすと歩み去っていくが、リーは立ったまま一点をじっと見つめてそこから動こうとしなかった。

「奥様？　お席へどうぞ」

トマが背に手を添えて軽く押しても、である。

思案顔でテーブル全体を見渡したあと、リーがポンッと手を打ったので、トマは嫌な予感に背筋をぶるりと震わせた。

「あの……旦那様？」

少し語尾を上げた問いかけにすぐさま反応した旦那様は素早い動作でリーのもとへ舞い戻り、彼女の両手をぎゅっと握りしめながら「なんだい！　私のレティーシア！」と声を張り上げた。

この至近距離でそれほどの音量が必要か、と疑わしいが、あふれ出る想いを伝えるのにもう音量以外の手段はすべて使い切ってしまったのだろう。

「あの……旦那様のお隣で食べてはいけませんか？　このテーブルは少し長すぎて旦那様と遠いんですもの」

エメラルドの瞳が長い睫毛越しに旦那様の茶色い瞳をとらえる。

旦那様はその目をカッと見開き、力強くリーの体を抱き寄せた。

本日二度目のぐえっである。

「なんと！　そうだな！　その通りだな！　ああ、なぜ今まで気づかなかったのだろう！　こうして食べるのが普通だと思って疑問も抱かなかったが、たしかに遠い、遠いな！　隣にしよう！　これからずっと、可愛いレティーシアの席は私の隣だ。それでいいね？」

強く抱きしめられているせいで声が出ないリーは、旦那様の胸に押しつけられている頭をこくんと動かした。

「皆！　すまないが私のレティーシアの食事を私の隣に並べなおしてくれないか！」

旦那様の要望に、使用人たちは口々に「かしこまりました」と言って、一度並べた食事をまた丁寧に並べなおしていく。かなり面倒な作業だが、彼らの間に不満げな空気は全くなかった。むしろその変化を喜ばしく思っているようだ。

隣り合わせに食事を並べるとなると、旦那様が座っているところとテーブルの角をはさんで直角の位置に奥様の皿を配することになり、皿数に対してテーブルの面積が足りなくなってしまう。

それをなんとかしようと、「ああ、それでは、私の席をここにずらしてしまおう！」

「その花瓶はそこでいいよ！　そうだ！」とノリノリの旦那様は給仕たちに次々と指示を飛ばし、食卓の上はみるみるうちに普段とは異なった様相を呈した。

その陰で、トマはこっそりリーを肘でつっつく。

「……なぜ、隣になど？」

あの旦那様を無駄に喜ばせるとロクなことにならないのに……と不安顔で囁くトマに、リーはケロッと答えた。

「だって、手元が見えないとマネしづらくて。花瓶ごしに旦那様の手元を観察するの、結構大変なんだよ」

そう言って肩をすくめる。

旦那様を喜ばせようという考えは皆無であったことが判明し、トマはげんなりした。

「本物の奥様は決して旦那様のお隣で食事など……」

小声で言ったトマだったが、付け足された「それに、食堂は広すぎるしテーブルは長すぎるしで、ちょっと寂しいんだもん」というリーの言葉に、何も言えなくなり幽かなため息をつく。

「仕方ないですね」

旦那様が自分の布団にもぐりこんだと知っても「毎日来てくれてもいい」と言えるこの娘は多分、本当に寂しいのだ。ずっとひとりぼっちで生きてきた、と言っていたから。

「お二人が幸せなら、止める必要などないのかもしれないわね」

トマはひとりごちる。

「可愛いレティーシア！　準備ができたよ。君の席はここだ。おいで」

そんなトマの心など知る由もなくゴキゲンな旦那様に呼ばれたリーは軽やかな足取りで示された席に向かった。

「さぁ、どうぞ」

旦那様が自ら椅子を引き、リーを座らせる。

「ありがとうございます、旦那様」

旦那様をマネてナプキンを膝の上に載せたリーは朝食を前に上機嫌だ。

「あ、旦那様！　卵をお食べにならないと」

「しまった。こっそり隠してしまおうと思ったが、バレたか」

「隣に座っているのに、こっそりなんて無理です」

うふふあははと朝から平和な二人である。

「おや？　私のレティーシア、今朝は肉をよく食べているようだね？　以前は太るからといってほとんど食べなかったように思うが」

リーが肉ばかり食べているのに気づいた旦那様が、ふいにそう漏らした。

リーは一瞬「やばっ」という顔をしたが、すぐに平然と顎を突き出す。

「ええ、実は大好きですの」

「そうだったのか！　知らなかった！　近ごろ、これまで知らなかった君の姿を色々と知ることができて、嬉しいかぎりだよ！」

知らなかった姿というか、何一つ知らない人とはじめましての状態から知り合っているところである。

「旦那様は、痩せている女性のほうがお好みですか？」

「いやいや。可愛いレティーシアが痩せていても太っていても、レティーシアであるかぎり愛情は変わらないよ」

大変残念だが、隣に座っている女性は痩せていようが太っていようがレティーシアではない。

「でも私としては、愛しいレティーシアには好きなものを食べてほしいからね。肉が好きなら、我慢せずに食べるといい。ほら、私の分も分けてあげよう」

旦那様はなめらかな所作で自分の皿からリーの皿に肉を取り分けた。

「でも、それでは旦那様の召し上がる分が……」

「昨日は外で夕食を食べる時間がなくてね。夜中に屋敷に戻ってから食べたものだから、実のところあまりお腹が空いていないんだ」

　そのあと極寒の中で屋敷の外壁にへばりついていたのだから、かなりの体力とエネルギーを消耗しているはずだが、肉体派の旦那様にはそれくらい屁でもないのだろう。

「本当に、いいんですか？」

　リーはまっすぐに隣を見つめ、旦那様が頷いたのを確認して破顔した。

「それでは、遠慮なくいただきますわね。ありがとうございます、旦那様」

　リーはいそいそと肉を頬張り、「んーっ！」と感嘆の声を上げた。

　そんなリーの姿を楽しそうに眺めながら、旦那様はゆったりと朝食を口に運ぶ。

　穏やかで静かで、それでいて温かな空気が食堂いっぱいに広がったところで、うっかりリーのフォークから逃れた一粒の豆が皿の上をつるりとすべって旦那様のこめかみを直撃した。

「あっ……」

リーは大慌てだった。

一応奥様然として背筋を伸ばして一生懸命食事をとっていたのだ。

トマから、こぼすのはマナー違反だと教わっている。

それがあろうことか、旦那様にぶつけてしまうなんて。

おまけに、豆に刺しそこなったフォークが皿にぶつかってキッという不快な音を上げ、リーの焦りに拍車をかけた。

「わわっ……」

耳をふさごうとしたのか、フォークを持った手を大きく後ろに反らし、その拍子にフォークがリーの手をするりとすり抜けて飛んだ。

驚いたのはリーの真後ろを歩いていた給仕である。いきなりのフォークの襲来に、持っていた大きなお盆を持ち上げながら「うわぁ」と叫んだ。その声に慌てて振り返ったリーはバランスを崩し、椅子(いす)ごと倒れそうになる。

「わぎゃぁ」

リーを乗せたままぐらりと傾(かし)いだ椅子を掴(つか)んだのは、旦那様のがっちりとした腕であった。案外きちんと筋肉がついている。

リーのフォークが壁に突き刺さるのと、ティンッという軽い音とともに旦那様のこめかみから跳ね返った豆が床を転がって止まるのと、給仕が落としそうになった盆を慌てて持ちなおし、シャワーンッという金属音が高らかに鳴り響いたのは同時だった。

「旦那様、申し訳ございません」

リーはわたわたと旦那様のこめかみをナプキンでぬぐう。

淑女（しゅくじょ）の食事のマナーとしてはあるまじき事件だ。

近くにひかえていたトマが慌てふためいて二人に近寄る。

だが旦那様は唐突に笑いはじめた。

それも、声を上げて。

旦那様の笑いはなかなか止まらず、いつしかリーも給仕もつられ、笑い出していた。

「そんなに気にしなくていいよ。豆がぶつかっただけだ。痛くもかゆくもない」

「あのでも……その、不作法で……」

「失敗は誰にだってある。気にする必要はないよ。人間だからね。君がこの間、私にそう言ったのだろう」

旦那様はリーの手からナプキンをそっと奪い取り、リーの膝の上に戻した。

「ありがとうございます。旦那様はお優しいですね」

「いや、優しいのは君だよ。レティーシア」

リーに向けられた三度目の形容詞抜きノーマルレティーシアは、いつもよりどこかしっとりとしていて、慈愛に満ちていた。

旦那様の、あの芝居がかった態度が消えていることに気づいていたのは、壁際に立ってじっと二人を見つめていたトマとアルフレッドだけだ。

「普段からあのお姿でなんの問題もなかったのだ」

アルフレッドが漏らした過去形に、トマは一瞬目を伏せる。

それから少しして、アルフレッドがそっとトマの肩をつついた。

「あれを数日続けていたら、鈴カステラみたいなツートンカラーに旦那様が日焼けしそうだな」

「あら、私も今同じことを……」

旦那様の座っている席には窓から燦々と朝日が降り注いでいるのだが、旦那様は奥様のほうばかり見つめているので、顔の片側にだけ太陽を浴びることになる。窓側だけが日焼けしそうだ。

「カーテンをお閉めしましょうか?」

「あの雰囲気をぶち壊したら、このあと仕事中もずっと不機嫌になられるのではないかと思うとね。別に旦那様のお顔が真ん中で二色に分かれていてもなんの不都合もないのだし」

「そうですね。お二人ともとても楽しそうですし……」

「……何日だと思う？」

「五日かかるかと」

「私は三日だ」

「いくらですか？」

「一枚でどうだ」

侍女頭と執事は、旦那様の顔がきれいな二色になるまでの日数を賭けることにした。

4　夜会の準備

その日届けられた一枚の封書は、トマを震撼させた。

「忘れていました！」

部屋に入るなりトマは大声を上げる。窓辺の陽だまりでうとうとしていたリーは椅子から転げ落ち、慌てて再び這い上った。

「何を？」

「夜会です！　夜会があるのです！　それも二週間後です！」

トマは鼻息荒く言ったが、リーは「なぁんだ」と肩の力を抜く。

「二週間も先のことでなんでそんなに大騒ぎしてるの？」

「何をおっしゃっているのですか！　夜会の準備には時間がかかるのです！　ドレスも用意しなければなりませんし、ダンスの練習も必要なのですよ！」

何をおっしゃっているのですかと言われても、リーは夜会がなんなのかよくわかっていないのだ。ここで「あらそうそれは大変。すぐに準備にとりかからなくてはね」とか言い出したら、それは偽者のリーである。

「へぇ！　それはなんていうか、楽しそうだね！」

本物に間違いないコメントを残して再び陽だまりでのうたた寝へと入り込もうとしたリーを、背後からトマの低い声が襲った。

「そこでお会いする方々のお名前や経歴を覚えていただく必要があります」

リーは目をぱっちりと開く。緑色の瞳に、空に浮かんだ雲が映りこむ。

「あたし、その日は熱が出て寒気がしてぶるぶる震えて咳が出て喉が痛くなって声が出なくて鼻水がズルズルになると思うし、足を痛めるかもしれない。もしかしたら腕がもげるかも」

「仮病は無理ですよ。奥様が夜会を欠席されたことはありません。熱があっても、かならず参加なさっていました」

腕がもげたらさすがに参加しなくてすむだろうが、夜会を休むためだけにそこまでするのは代償が大きすぎる。リーは観念したように小さくため息をついた。

それから一刻ほどあとのことである。

「お手をこちらへ……そう、そうです。あ、頭がぶつかりますよ！」

「ぶつからないよ」

リーはベッドの天蓋を見上げながら言った。

たしかに、天蓋はリーが飛び跳ねてもぶつからないくらい高い位置にある。

「いいえ、本当ならこれは馬車なのですから。頭をそんなに高くしていたら……」

ベッドを馬車、ベッド脇に置いた椅子をステップに見立て、二人は馬車から下りる練習をしている最中だ。

夜会会場に馬車で乗りつけ、そこから下りるシーン。物語なら冒頭の書き出し二行目くらいのところである。つまり、まだ「夜会」の「や」の字にも至っていない、その手前の練習をしているのだ。それよりまず一番重要なところを押さえて細かい部分は後回しにすればいいものを、トマは先ほどからやけに熱の入った指導を展開していた。侍女としては優秀なのだろうが、替え玉の教育係としてはイマイチ感が漂っている。

「さぁ、もう一度！　優雅にですよ！　そう、そうです。一歩ずつ……あ、足が開きすぎです。両膝をつけて！　片手がお留守ですよ。ほら、そうです、ドレスの裾を持って……」

トマがそう言って手に力を込めた瞬間、その声を遮るように重い音が響いた。

がちゃり。

優秀な侍女頭は、ドアに鍵をかけるのを忘れたらしい。

「……取り込み中かな？」

美しい声の主は、言うまでもなくこのお屋敷の旦那様である。トマの背後、リーの真正面に位置する部屋の入口に、すらりとした姿を覗かせた。

一方のリーは。

左手はちょうどドレスの裾をつまみ上げ、右手はエスコート役のトマに握られている。そして右足はベッドに、左足は椅子の上に、という状況である。トマに口うるさく言われ大きく屈めた背中はそのままに、顔だけ持ち上げてぽかんと旦那様を見つめるその姿にはどことなく哀愁が漂っていた。

取り込み中かと問われれば、間違いなく答えは「然り」。

リーの返事を待っている旦那様に、リーは小さな声を上げた。

「あのぅ……馬車ごっこを、しておりました」

正直だが意味不明なリーの返答に動じず、旦那様は片眉をひょいと持ち上げて先を促した。

「そのぅ……夜会が待ち遠しくて」

腕がもげるかもとまで言って抵抗したくせに、心にもないことを言う。

しかしその心にもない言葉は、旦那様を納得させるには充分だった。

「そうか。私のレティーシアは夜会が大好きだからな」

旦那様の瞳はどこか暗く、声も掠れている。

その声に、すっかり固まって言葉を失っていたトマは生気を取り戻した。ゆっくりとリーの手を離し、問いかける。

「……旦那様はなぜこちらに？」

尋ねたのはトマなのに、旦那様の瞳はトマを通り越してまっすぐにリーを見つめた。一つ咳払いをし、穏やかな声でリーに問いかける。

「可愛いレティーシア、私と散歩に行かないか。仕事が一段落してね、少し時間ができたものだから。可愛い妻を誘いに来たんだよ」

トマは瞠目した。そして、窓の外に目を凝らす。さっきまで晴れていた空から槍が降ってきたりしないか確認しているらしい。空の安全をたしかめたあと、トマは旦那様の顔を穴が開くほど見つめ、口をぽかんとあけた。

「お散歩……ですか？」

奥様が屋敷から一歩でも外に出ようものなら、旦那様はそれこそ本当に槍が降ってくるとでも言いかねないほど大騒ぎをした。そして二言目には「危ないから」と言う。むしろその大騒ぎのほうが危険な気がしたくらいだ、とトマは思う。そんなふうにして奥様をお屋敷に閉じ込めていた旦那様が散歩に誘うだなんて、意外だった。

「いったいなぜ……」

トマの戸惑いなど知る由もないリーは、満面の笑みで「喜んで！」と言った。このところずっと部屋に缶詰だったので辟易していたらしい。返答の直後に「うわっほい」とかいう浮かれた声がしそうな勢いだ。

トマの「あぁ勝手に返事なぞしおってからに……！」という心配も空しく、リーはすでに旦那様にトコトコと歩み寄っている。

「では、私もお供いたします」

間髪いれずに繰り出されたトマの提案に、旦那様は素早く言葉を返した。その視線は、リーの姿をじっととらえている。

「トマ、君は仕事があるだろう。屋敷の周りを少し歩くだけだ」

「ですが……」

二人きりでお散歩なんて、替え玉がバレるリスクが高すぎだ。

しかし、旦那様の静かな微笑みの奥には「ジャマするな」という思いが透けている。

トマは引っ込まざるを得なかった。喉の奥でぐっと何かを呑み込んで、小さく頭を下げた。

二人がやってきたのは裏手にある庭園だ。

トマがしっかりと外套（がいとう）を着せてくれたとはいえ、季節は真冬。丘の上に位置するお屋敷の周囲を吹き抜ける風は冷たく、リーはぶるっと身を震わせた。

広大な庭にそびえる木々はすっかり葉を落としている。

「お手をどうぞ、愛しいレティーシア」

旦那様が肘（ひじ）を曲げ、リーのほうへ差し出した。誰かと腕を組むのがはじめてらしいリーはおずおずと手を伸ばし、旦那様の腕にそっとのせる。旦那様はリーの小さな手を絡め取るように腕をきゅっと縮めると、反対側の手で包み込むように押さえた。まるでその手が離れていくのを許すまいとするように。

「こうして二人で散歩をするのは随分と久しぶりだな」

「ええ、そうですわね」

「寒くはないかい？」

「少しだけ。でも平気です。外の空気は気持ちがいいですね。普段あまり外へ出ないものですから」

非難のつもりはないのだろうが、それを聞いた旦那様の顔が少し曇った。

「すまない。君を閉じ込めておきたいわけではないんだが」

リーは答えず、数度瞬きをする。

旦那様は奥様をお屋敷から出したがらない。閉じ込めているのとなんら変わりない。物理的に鍵があるわけではないが、屋敷から出るだけで大騒ぎをするのだから、閉じ込めているのとなんら変わりない。

旦那様も自分で言ったあとでそのことに気づき、自嘲するような笑みを浮かべた。

「いいえ、わたくしは平気です。でも、ときどきこうしてお散歩に誘ってくださいますか？　そうしたら外の空気を吸えますし、旦那様もときどきはお休みにならないと。お仕事ばかりではお体に障りますから」

リーは無邪気に微笑む。

旦那様はそんなリーの横顔をじっと見つめ、目を細めた。その顔からは先ほどの自嘲は消え、穏やかな幸せの色が浮かんでいる。

リーは旦那様に見つめられていることに気づく気配もなく、足元を彩る落ち葉をたしかめるように踏みしめて一歩一歩歩みを進めた。自分の言葉が旦那様に対してどれほどの威力を発揮しているか、この娘は全く自覚していない。

「そうだな。そうしよう」

旦那様の口から遅れた返事がこぼれるころには、リーは落ち葉の感触に夢中になっていて、返事が聞こえたかどうかすら怪しかった。二人の足の下でさくさくと軽い音をたてる落ち葉はすっかり色づき、さながら黄色の絨毯のようだ。

「ああ、ほら。ご覧、愛しいレティーシア。あの木に一枚だけ葉が残っている」

リーは顔を上げた。指された方向には、すっかり葉の落ちた木々の中でたった一枚だけいじらしく木にくっついている葉があった。

「頑張っているんだな」

旦那様はそう呟く。

「冬の冷たい風にも負けずにしがみついている」

だがリーは、ぼんやりとその葉を見上げて小さな声で言った。

「寂しそう」

ぽつりと口からこぼれた言葉に、旦那様は驚いたようにリーを見つめた。

「寂しそうですね、ひとりぼっちで」

「そんなふうには全然思わなかった」

同じものを目にしても受け取る印象は人によってさまざまなものだな、と旦那様は頷く。

リーは小さく頷き返し、なおも最後の一葉をじっと見つめた。

何か思うところがあったのだろう。旦那様が気遣うように声をかけた。

「取ってやるかい？」

「届くでしょうか？」

それほど高い枝にあるわけではないが、リーが背伸びをして届く高さではない。

「おいで」

旦那様は優しくリーを木の下に導くと、自分の前に立たせて後ろからひょいと抱え上げた。

「届くかな？」

「あ、届きそうです！　もう少しです！　んんっ」

子どものように抱え上げられたリーは懸命に手を伸ばし、旦那様も懸命に支える。

「あ、届きました！」

リーの指先が葉に触れ、かろうじて二本の指で挟むようにして掴んだ。

「取れそうかい？」

旦那様も必死である。高く上げるためにリーの膝の辺りに手を回して抱え、頭上で動き回る彼女を支えているのだから。いくらリーが小柄で軽いとはいえ、人間を高く抱え上げるのは簡単ではない。

「んっ」

リーは指先に力を込めて葉を引っ張った。葉が枝を離れると同時に、引っ張られていた反動で枝が大きくしなり、リーの頬を打つ。リーは反射的にそれをよけようと大きく体を反らし、旦那様は慌ててリーを支える腕に力を込める。

「わっ」と叫んだ二人の声が重なり、同時にバランスを崩して地面に倒れ込んだ。

どさりと鈍い音がして、うめき声のような小さな声が上がる。

少し間をおいて、リーが小さな声で言った。

「旦那様、大丈夫ですか？」

「大丈夫だよ。レティーシアは？　君は大丈夫か？」

「はい」

その声を聞いて安堵したように、旦那様が息をつく。

旦那様が下敷きになり守ったおかげで、リーは全くの無傷だった。

ごめんなさい、と言って退こうとしたリーを、長い腕がぎゅっと囲い込んだ。

「構わないなら……もう少しだけこのままで」

リーは逆らわず、腕の中におとなしくおさまった。体を持ち上げようと力を入れていた背や首の力を抜き、おずおずと旦那様の胸の上に頭を預ける。その仕草に旦那様は幾分ほっとしたようで、腕の力を少し緩めた。

「こうしてくっついていると暖かいものですね」

「ああ、そうだね」

　リーはくすりと笑った。

「どうして笑ったんだい？」

「旦那様の脈の音が聞こえて……なんだか不思議で」

　リーがもごもごと言った。旦那様の上に頭をのせているから直接に鼓動を感じるのだろう。擦り寄るように旦那様の胸に頬をつけ、耳を澄ましている。

　それからしばらくして、リーは握りしめていた葉をそっと離した。

　その手を離れた葉は黄色い絨毯にひらりと落ちて溶け込み、すぐにどれだかわからなくなる。

「もうひとりぼっちじゃないね」

　小さな呟きは葉っぱのことか、それともリー自身のことか。

　旦那様はリーの背に回していた手をするすると持ち上げ、豊かな茶色い髪の毛の中に差し入れた。そしてリーの頬にかかっていた髪を肩の後ろに流し、満足げに微笑みながらその髪を梳く。旦那様の位置からはリーの額くらいしか見えないが、それでも愛おしそうにリーをみつめた。

「こげ茶色の艶やかな髪、深い緑色の澄んだ瞳、アーモンド形の目、長い睫毛。小さい鼻に花びらのような唇、白い肌。ピンクに色づいた頬に散る薄いそばかす。細い指……」

呪文のように呟いた言葉は、リーがお屋敷を訪れた日にトマが言ったのとほとんど同じ内容だった。トマのあの台詞は、旦那様が奥様の容姿を指して口にしていたことだ。

「なんだか……少し、眠くなってきました」

リーがむにゃむにゃと言った。

「髪、眠く、なります」

旦那様の手がずっとリーの髪の毛を梳いているのが心地よかったらしく、リーは目を閉じて穏やかな呼吸をしている。冷たく澄んだ空気の中で暖かな体温に触れているせいもあるのだろう。

「眠ってもいいよ」

旦那様は優しく語りかける。その低い声もまた、眠気を誘う。リーはとろんとした目をなんとかこじ開けた。

「んん……でもここ、お外です」

「そうだな、たしかに」

旦那様は髪を梳いていた手を離し、再びリーの背へ回した。

「もう少し上においで」

「上？」

問いかけながらも、背に回された腕の動きで言葉の意味が伝わったのだろう。リーは旦那様の胸の上にあった頭を少しだけ持ち上げ、肩口の辺りまで滑り上がった。

先ほどよりも顔が近くなったことに満足した旦那様は、しばらくリーの髪の毛に顔をうずめたあと、そっと額にキスをした。

それから一つ、ため息をこぼす。

その息が頬をくすぐり、リーはこそばゆそうに身じろぎをした。

「一日中でもこうしていたいが、トマあたりが探しに来たら厄介だな」

リーはしばらく目を閉じて何やら考え込むと、ぱっちりと目を開く。

「……旦那様？」

「なんだい」

「はだしで歩いてみませんか？　枯葉の上をはだしで歩くのは、とても気持ちがよいものです」

「しかし……足が汚れてしまうよ。服も」

本物の奥様はそういったことを気にする人物だった。旦那様は驚いてそう言ったけれど、リーはにこにこと笑うだけだ。

「汚れたら、洗えばいいだけですから」

ごくごく当然のように、リーは言ってのける。

「洗えばきれいになるものはいくらでも汚していいのだと、先生が」

「先生？」

リーは「あ、しまった」という顔をした。

リーの言った「先生」というのは孤児院の先生のことだ。

「家庭教師かい？」

「え、ええ」

嘘八百である。

「洗ってもきれいにならないものだけは、絶対に汚してはいけませんと」

「洗ってもきれいにならないもの？」

「心です」

「心、か」

「ええ、先生はそう言っていました。たしかに心は洗えないですから」

大体、心ってどこにあるのかわかんないですからね、とリーは小さく言った。

物理的に洗えるとか洗えないとかそういう問題ではない。

だが、リーの言葉は旦那様の心に響いた。

「君の心はきれいだから大丈夫だよ」

旦那様はリーの背中に回した手にぎゅっと力を込める。

「そうですか？」

「うん。なんだろうな、君は本当に……」

リーが顔を上げ、旦那様を見つめた。しばらくは見つめ返していた旦那様だったが、唐突に恥ずかしさに襲われたらしい。目を逸らし、誤魔化すように一つ咳払いをした。

「……はだしで歩くというのはよい考えだね」

そう言って、旦那様は寝そべったまま両方の足を器用に使って靴を脱ぎ捨てた。

リーも、もぞもぞと動いて靴の紐を解き、足を解放する。

旦那様はゆっくりと起き上がりながらリーを支え起こした。その瞬間、旦那様が一瞬顔をしかめたが、体を起こそうと足に力を込めていたリーはそれに気づかなかった。

二人は互いの体に貼りついた落ち葉を払い落とし、靴を手にのんびりと歩きだす。そして靴を持っていないほうの手を、どちらからともなくつないだ。

「本当に気持ちいいな」

さくりさくりと音をたて、黄色い絨毯は二人の足を優しく包み込む。

二人が屋敷に戻ったのはそれから一刻ほどあとのことだった。

冷たい屋敷の廊下をはだしで歩くのは辛いだろうからと旦那様はリーを抱きかかえて執務室に運んだ。リーはソファに腰かけて足をぶらぶらさせている。

「今、暖炉に火を入れたから、すぐに暖まるよ。足を拭くものを持ってこよう」

かいがいしく働く姿を見ながら、リーは首を傾げた。

「旦那様はご自分でお湯を沸かしたりもなさるのですね」

この屋敷に来てから、リーは自分でほとんど何もしていない。女中や侍女たちはしっかりと仕事をこなす気立てのよい者ばかりなのだ。旦那様が自分で暖炉に火を入れたり湯を沸かしたりする必要などないはずなのだが。

「ああ、父が厳しい人だったからね。男所帯でなんでも自分でやらされた」

「使用人がこんなにたくさんいるのに?」

「トマをはじめ、侍女や女中たちの多くは君との結婚が決まったあとで雇ったんだよ。まさかアルフレッドに君の着替えを手伝わせるわけにはいかないからね。ミルドレッドもマルグリッドもマリアンヌもミリアージュも、皆そのときに来てもらったんだ」

　そのときに頭文字がMの人ばかり雇わなければ、リーがこれほど名前を覚えるのに苦労することもなかった。リーが少しばかり恨めしい顔をしたくなった気持ちもわからないではない。

「だから子どものころの癖でね、自分でできることはついつい自分でやってしまうんだ」

　旦那様はお湯に浸した布をゆっくりと絞り、リーの足を包み込んだ。

「ほーっっ」

　リーの口から間抜けな声が漏れる。

「熱くないか？」

「ええ、大丈夫です。ありがとうございます」

　リーはほくほくと微笑んだ。

　濡れた足が再び冷えてしまわないよう、旦那様はすぐにリーの足を乾いた布で優しく拭く。それから自分の足も丁寧に清め、湯を捨てに風呂場へ向かった。旦那様の執務室は、リーが今使っている奥様の部屋よりもほんの少し広い。その部屋の片隅で桶に張ったお湯をゆっくりと流しながら、旦那様はソファのほうを見ずに語りかけた。

「結婚して三年が経とうとしているが……今ほど君に近づけた気がしたのははじめてだ

よ。狂っていた歯車がきちんと噛み合ってきているような……」

すやーっ。

旦那様の言葉を遮るように聞こえてきたのは、平和な寝息である。

旦那様は振り返り、そして思わず低い笑い声をこぼした。

どこをどう見れば歯車が噛みあっているのかわからないが、旦那様は幸せそうだ。飽きる様子もなくリーの寝顔をじっと見つめ、頬を指の背でそっと撫でながら声をかける。

「君の望むような男でいられるように精一杯努力するから、だからどうか傍に」

懇願のような祈りのようなその言葉が奥様に届くことはない。

「旦那様、お戻りだったのですね」

しばらくして背後から静かにかけられた声に、旦那様は振り返った。

「アルフレッド」

「……おや？」

「ああ、レティーシアがね。たくさん歩いて疲れたんだろう。ここで寝入ってしまった」

「そうでしたか」

ソファで丸くなったリーの肩には、どこから持ってきたのかふわりと毛布が掛けられていて、アルフレッドはそれを意外そうに見つめた。

毛布からはみ出した小さな足がときおりぴくりと動く。

「なんだか小動物を見ているような気持ちになるな」

旦那様は慈しむようにその寝姿を見つめ、アルフレッドはそんな旦那様に複雑な表情を浮かべた。

二人はしばらく無言でいたが、アルフレッドが一つ深呼吸をして言う。

「ソファでずっとお眠りになるのはお体に障るかもしれません」

「そうだな。私が部屋まで連れて行こう」

旦那様はリーを抱え上げ、そっと額に口づけて、起こしてしまわないようにゆっくりと歩き出した。


その夜、仕事を終え自分の部屋に戻ったトマのもとに執事アルフレッドが訪ねてきた。

「あの暦のことだが」

「はい」

あの暦というのは、旦那様への言いわけカレンダーのことである。

「向こう一週間はどうやら必要なさそうだ」

「……どういうことでしょうか」

「旦那様が腰を痛められて、医者の見立てでは一週間ほど安静にしている必要があるとのことだ」

「腰を？　また、なぜですか？」

「さぁ。頑として理由を明かそうとなさらないから、わからないが……」

そう言ってアルフレッドは唇を噛んだ。

「奥様には、腰を痛めていることを絶対に黙っていろと」

「……奥様に？　なぜでしょう？」

「さぁな。医者によれば腰痛の原因は打撲だそうだよ。背中に大きな痣があったとか」

「でも、今日奥様をここまで運んでいらっしゃって……腰が痛そうなそぶりは特に……」

「幸せすぎて痛みなんかお感じにならなかったんじゃないか」

「そうですか……」

「どちらにせよ、バルコニーを伝って奥様の部屋に忍び込むのは無理だろう。それに腰を痛めて無体もなさらないだろうから、あの暦は視察の終わった週にでも使ってはどうかと思ってね」

トマは観念して、あの暦が旦那様への言いわけの予定表であることを認めた。

「……わかりました」

「なぁ、トマ？　おまえ、私があの娘に旦那様の子を身ごもってもらっては困ると言ったとき、意外そうな顔をしていたな。それならなぜ、あんな暦を作ってまで旦那様をあの娘から遠ざけておこうとした？」

　トマは答えなかった。

　それは何かを隠すためというよりも、答えを持っていなかったからのようだ。

「……あの、娘のためか？」

「……なんのことか私には……あなたがあの娘と呼ぶのは、私たちがお仕えする奥様です」

「……そうだったな」

　さまざまな思いを乗せて夜は更けていく。

　平和な寝息をたてるリーは、自分を取り巻く人々の気持ちの変化に、全く気づいていなかった。

「奥様……少し、ふっくらされましたか？」

　トマのひかえめな問いかけに、リーはぎくりと肩を揺らした。

屋敷の応接室での一幕である。

優美な装飾品たちはすべて隅に寄せられ、部屋の中央に大きな空間が作られている。

その中央に立つリーの傍らに、やたらと存在感を放つ背の高い女性が腕を組んで立っていた。

「夜会に着ていくドレスを仕立てなくては」とトマが仕立屋を呼んだのだ。

一週間後に迫った夜会のために一からドレスを仕立てるのは大変だからと、本物の奥様が発注してすでに仮縫いもすんだドレスに多少の手直しを加えることにしましょう、とトマはリーに説明していた。リーも軽くそれでいいよと答え、仕立屋の滞在時間は「これでいかがでしょう」「うん、いいわね」で済む極めて短いものになるはずだったが、どうやらそれでは済まない気配が漂ってきた。

それもこれも、ふっくら奥様のせいである。

本物の奥様の体型にぴったりと沿うように作られたドレスの身頃は、縫い目が引っ張られ、今にも裂けそうになっている。

「絶対に太ったりしないから体にぴーっちり貼りつくようなのにしてくれって奥様がおっしゃったんじゃござぁせんか。まさかお太りになるなんて」

仕立屋は形のよい眉を吊り上げ、腕を組んだまま言った。

なかなか、個性の強そうな人である。

その言葉に押されるように後ずさったリーの背後では、助手のお針子が「奥様、息を深くお吐きになって！」と甲高い叫び声を上げた。顔を真っ赤にし、躍起になってなんとか背中の留め金を掛けようとしているのだ。しかし、トマに言わせればそれは「無駄な努力というもの」だった。

「いや……そのぅ……お食事がおいしくてつい……」

リーはぎゅうぎゅうに締めつけられながら、ぽりぽりと首の後ろを掻いた。

この屋敷に来たばかりのころ、リーは奥様と同じくらいの体型だった。いや、それどころか奥様にダイエットの方法を尋ねられるほどほっそりとしていたのだ。

しかし、花や木の根を食べて過ごしていた少女が突然豪華な食事を一日三食もりもり食べて、太らないはずがない。本物の奥様は体型を気にして肉を食べないようにしていたらしいが、リーは旦那様の肉まで食べる食いしん坊なのだ。

その結果が、この無惨な姿である。

「あの……今からサイズを直すことってできますかしら」

リーが申しわけなさそうに仕立屋に問いかけた。

トマは、あらそんな表情もできるのですかという呟きを口の中におさめ、仕立屋の答

えを待つ。

　腕を組んで仁王立ちした仕立屋の返答は、案外あっさりしたものだった。

「もちろんできますとも。ここをほぉんの少し広げて……」

　そう言いながら仕立屋は人差し指を口元に当ててリーの全身に舐めるような視線を這わせたあと、リーを鏡の前に立たせて身頃の縫い目をどれくらい広げるか思案しはじめる。

「う、わぁ！」

　サイズのことばかり気にしていたリーは、鏡の前に立たされてはじめて自分の格好を認識し、驚きの声を上げた。

「どうなさいましたァ？」

　腰をひねるように振り返った仕立屋が問いかける。

「あの、これはちょっと、胸のところが開きすぎじゃ……」

　ひいいっと情けない声を上げながらリーは必死で胸元を引き上げようと布を引っ張るが、いかんせんぴっちりと体に巻きついているので、布は微動だにしない。

　ざっくりと深く切り込まれた首回りは胸が半分見えるくらいにワイドオープンで、下手をするとお辞儀をしたときに余計なものまでコンニチハしてしまいそうである。

「あらァ、ギリギリまで広く開けるようにとのご希望じゃござぁせんでした？」

仕立屋が平然とそう言い放つのに重ねるように、お針子の少女が焦って「も、申しわけございませんっ！」と平身低頭する。

しまった奥様の希望でこうなっていたのかという顔をしたリーは、助けを求めてトマを見た。トマはため息交じりに助け船を出す。

「……今から、デザインの手直しをお願いすることはできますか？」

「まぁ、そりゃァ、できますけど？　ただ……」

「ただ？」

「サイズも直さなくてはならないンですし、もしデザインの大幅な変更をご希望なら、最初から作り直すほうがよいンじゃありませんこと？」

けだるそうに、それでいてどこか偉そうに仕立屋が言う。どちらが客なのか。

「でも、夜会まではもう日が……」

トマの言葉に仕立屋がフンと鼻を鳴らし、「あンらァ、うちの店を舐めてもらっちゃ困り……」と言ったところで、お針子が割って入った。

「奥様にはいつもご贔屓にしていただいていますから、多少の無理は喜んで！　一週間あれば、一から作ることも充分に可能です！」

トマと仕立屋のやり取りを黙って聞いていたリーは、お針子の言葉に瞳を輝かせた。

「本当に？」

「ええ、奥様」

お針子はにっこりと答える。

「じゃあ、もっと首まで覆う形にはできませんか？　トマの服のように。こんなに胸が開いていたら、今の季節は寒いですから」

リーはすいとトマを指さした。

トマの服、というのは侍女の制服である。高い襟が首元まですっぽりと覆い、露出しているのは手と顔だけという代物だ。もちろん袖のふくらみやドレープといった装飾は何一つついておらず、白いエプロンの裾にわずかにフリルがついているだけである。

「でも奥様、これはちょっと……その……地味かと……」

トマがタジタジと言い、仕立屋はげんなりした顔でトマの服をつまみ上げ、「じゃあ、これをお召しになったらァ？」と言った。

何やらこの仕立屋、奥様のことをあまり好いてはいないようである。

「あの、でも奥様はご領主様の奥様なのですから、こんな服で夜会へ行くわけには……」

「当たり前でござンしょ！　あたくしが奥様の仕立屋だということは皆知っているンで

ございますよ！　そんな格好で行かれたら迷惑千万！　言語道断！」

　これでは、本当に客がどちらだかわからない。

「あの、では、襟の形を少し工夫しては……？」

　お針子が肩を縮ませながら、おずおずと言った。はっきりきっぱり客を罵る仕立屋と、上客である領主夫人の間に挟まれて、お針子は誰よりも大量の汗をかいている。

「襟の形？」

　リーが明るく問いかけた。

「どんなふうに？　どんなふうに？」

　その声に幾分安心したらしく、お針子は少しだけ声を高くした。

「その……侍女の服そのものでは……少し質素すぎますから、こう、フリルのようにひだを寄せて……それを立て襟のような角度でつけたら……首回りが華やかにはなりませんか？」

「あらァ、それ、いいじゃない！　アンタ！」

　仕立屋が声を裏返しながらお針子をどつく。

　弾かれたお針子は少しよろけたものの、慣れっこな様子で、すぐに仕立屋のカバンからスケッチブックを取り、差し出した。

「ああ！　今、いいのが降って来たわ！　悪くないわ！　ちょっと待って！　ちょっと待って！　今描くから！　描くから！」

仕立屋はスケッチブックを引きちぎりそうな勢いで新しいページに筆を走らせる。同時に口も素早く回った。

「正直言ってねぇ、もう、胸元を大きく開けろ、スカートのボリュームをもっと、袖をふんわりと、レースとリボンをたっぷり……豪華に派手にキラキラに……みたいな注文はうんっざりだったんですよ！　毎回毎回、まぁ飽きもせず同じような注文をしてくださって！　キラキラっていうかギラギラの間違いだろうと何度口から出かかったことか！」

なるほどそれでこの仕立屋は、無気力なくせに変に従順で、そこはかとなく奥様を嫌っている不気味なオーラを放っていたのか。今まで言いたかったことを爆発させスッキリしたらしく、仕立屋は上機嫌な顔になった。

「奥様が趣向を変えてくださって、よござんした！　腕が鳴るざます！」

こんなにきっぱりとお得意様に向かって苦情を申したてる仕立屋はそう多くないが、それがこの職人のプライドなのだろう。

トマは気圧（けお）されて少しよろめきながら手近な椅子（いす）に腰を落とした。

「トマさん、この人に会ったのはじめてなの？」

リーがそっと尋ねると、トマは頷く。

「奥様はドレスのデザインに口をはさまれたくないからと人払いをなさっていましたので。事務的なこと以外、話したことはありませんでした」

リーは納得の表情を見せ、こっそりと返した。

「そうなんだ。こんなに面白い人だから奥様はひとり占めしたかったのかもね」

そんな愉快な理由じゃないことだけはたしかでしょうね、とトマはやれやれと息をつく。

旦那様といいリーといい執事のアルフレッドといい仕立屋といい、一筋縄ではいかない人々ばかりである。

一筋縄ではいかない仕立屋は、さらさらと筆を走らせたり止めたり突然紙を引きちぎったりして周囲を大いにビビらせながらも、ドレスの形を描き上げていった。

それからふはァと一つ大きなため息をついて、天井を仰ぐ。

「あァ！　これでもまだ、なァんか足りないのよね！　何か、ないかしらね！」

その叫びを聞いて、リーは瞳を輝かせた。

「それでは、旦那様のご意見も伺ってみていいですか！」

リーは呼び鈴の紐をぐいと引っ張り、やって来た侍女クリスティーナに「ちょっとお前、旦那様のご都合がよろしければここへお呼びして」と言う。

まだ侍女の名前を覚えていないため、侍女に対する呼びかけはすべて「ちょっとお前」である。前に仕えていた大奥様の影響をモロに受けているその呼びかけは、絶妙な見下し具合が奥様然としていて悪くないとトマから太鼓判を押されていた。

クリスティーナは奥様の奇抜な姿を見て目を剥いたが、ただ「かしこまりました」と頷く。

彼女が部屋を出て行ってほどなく、旦那様は息を切らせて飛んできた。

これは比喩ではない。本当に部屋に飛び込んできたのだ。

ドアが開く鋭い音と同時に風のように現れた旦那様は、応接室の毛足の長い絨毯に足を取られて引っかかり、ダイナミックに空中で一回転しながらリーの目の前の床に軟着陸した。

「私のレティーシアが私を呼んでいると聞いたが！　何事だ！」

着地したままの片膝をついた姿勢で両手を左右に大きく開いている旦那様に、リーはすっと手を差し伸べて立たせてやる。

「夜会のためにドレスを作っていただいているのですけれど、デザインを少し変えることになったので旦那様のご意見を伺おうと思って」

旦那様がつい一週間前に腰を痛めたことを知っているトマはハラハラしながら見守っていたが、旦那様が顔をしかめることもなく軽やかに立ち上がったのを見て、どうやら腰はすっかりよくなったらしいと安心した。それはそれで、新たな心配を生むのだが。

「……ドレス？」

旦那様はリーの広く開いた胸元に一瞬視線を落としてから、ふいと顔をそむけてごほんと咳払い(せきばら)をした。以前より多少ふくよかになった胸元は、なんだかんだと禁欲生活を強いられている旦那様にとっては目に毒だ。

「そうです！　旦那様も何かご希望はございませんか？」

「私の希望を？」

「ええ、そうです」

「いやしかし、ドレスを着るのは君なのだから君の好きなように……」

「でもわたくしは旦那様の妻として、シルヴァスタイン夫人として夜会に参加するのですから、旦那様の意見もお聞きしませんと！」

リーの言葉にはやたらと説得力がある。

こんなときだけまともなことを言い出すのはなぜなのだ。

「そうか……それなら……………いや、しかし……」

シルヴァスタイン夫人、という言葉に照れつつ戸惑いつつ遠慮しつつ、しかし嬉しくもあり……旦那様の顔面は感情の波に揉まれてぐちゃぐちゃである。

「今のところ、こんな感じなのですけれど」

リーは仕立屋の手元を指さした。それを見て、旦那様が目を剥く。

「これは……しかし、愛しいレティーシア。流行のドレスは胸元を大きく開けたものだと、君がたしか以前から……もちろん、君がいいなら私は一向に構わないし、むしろその……ほかの男性の視線を集めるようなドレスではないほうがいいと常々……その……スカートのふくらみもそれほど大きくないほうが……」

そこに、旦那様を連れて来たクリスティーナが口をはさんだ。

「あの……刺繍なんて、どうでしょうか。その、袖口や裾に金糸の刺繍をいれたら、とてもきれいではないかと……あの、以前奥様の持っていらしたハンカチの刺繍がとても素敵で……」

どうやら、リーが顔をゴシッとした例のハンカチのことを言っているらしい。

たしかに優美な刺繍が施されていた。

「それ、いいじゃない！」

リーは嬉しそうだ。

もはやなんの集団なのかよくわからないが、皆が生き生きと意見を出した。仕立屋は幾度も紙をめくって描き直しながら、確実にそれを一つの形にまとめていく。

それから半刻ほどあとからやってきたミルドレッドやマリアンヌも加わって、わいわいがやがやとドレス談義で盛り上がったところで仕立屋が大きな声を上げた。

「できましたわよ！」

そう言ってドンッとスケッチブックを机に立てる。

「首元はこう、浅くV字に切り込む代わりにフリルのような襟をつけ、エレガントに。肩口のふんわりとしたふくらみをなくす代わりに袖口を少し広く長くして、こう……ここに刺繍(ししゅう)をいれましょう。刺繍の柄によっても随分と印象が変わりますけれど、かーなーりー斬新なデザインになりましてよ？」

仕立屋は楽しそうである。

「お色や布はいかがなさいます？　余計な装飾がない分、そこにはこだわらなければ！」

そう問われて、リーは迷うことなく旦那様のほうを向いた。

「旦那様は夜会で何色の服をお召しになるのですか？」

「私はいつも通り君の服に合わせるから、好きな色を着るといいよ」

その言葉に、リーは少し考え込んだ。

トマは何か言いたげに口を開いたり閉じたりを繰り返したあと、耐えられなくなったように、言った。

「奥様は、赤がお好きですよね？」

だがリーが考え込んでいたのは奥様の好きな色を知らなかったからではなく、自分の着たい色を検討していたからだった。トマの言葉などまるっと無視してトト……と窓辺に寄った。

「あの葉のような色がいいです！」

リーが指さしたのは、窓の外。この間、旦那様と二人で歩いた屋敷の庭である。

仕立屋は窓の外をひょいと覗（のぞ）いてしばらく見つめてから、大きなカバンを開いて布のサンプルらしい端切れをいくつもいくつも取り出した。

「この辺りの布が……いや、こっちも、お色味としては近いかしらねェ……」

「ああ！　これが！　この布がいいです！」

その中の一枚に目をとめたリーは、すぐにそう言った。

ベルベットのような厚手の生地に唐草の地模様が入っている。

「ああ、いいじゃない。温かそうだし。ぺらっぺらの光沢のある生地より重厚感があっ

てよっぽどいいわよ！　じゃあ、刺繍もアラベスクで決まりねェ！　あら、ホント、
ちょっとよいんじゃなぁい？　落ち着いた大人のドレスって感じのができそうで！」

仕立屋は心底楽しそうにそう言い、助手のお針子もニコニコと笑った。

「刺繍の担当も、腕の見せどころだって喜びますね！」

「これ、この間お散歩したときの葉っぱの絨毯みたいじゃないですか？」

端切れを手に旦那様の顔を見上げて言ったリーに、旦那様は嬉しそうに頬を緩ませる。

「そうだね。私もそう思うよ、可愛いレティーシア」

「あのお散歩がとっても楽しかったから、この布で作ったドレスを着ていれば、楽しい気分になれそうです！」

リーは口を開けて笑った。

リーにとってそれは、面倒極まりない夜会をなんとか楽しく乗り切るための原動力にすぎないのかもしれないが、旦那様は「あのお散歩がとっても楽しかった」という言葉に心をすっかり持っていかれたらしい。

「そうだな！　また散歩をしよう、私のレティーシア！」

「はい！　ぜひ！」

楽しそうに見つめ合う二人を見て、仕立屋は「あぁら、奥様ってこんなに旦那様と仲

睦（むつ）まじい感じだったかしらァ？　知らなかったわァ」と不思議そうに言った。トマは少し痛ましそうに二人を見つめる。

本物の奥様よりもよほど本物の夫婦に見えるこの二人が、嘘という薄氷の上、危うい場所に立っていることに気づいているのは、この部屋でたったひとり、トマだけだった。

5　夜会に生えた一束の草

——夜会に咲く一輪の花。

その日、夜会の会場である伯爵邸に集まった人々が口々に囁（ささや）いた言葉は、レティーシア奥様の通称である。

レティーシア・シルヴァスタインは整った顔立ちをしているものの、美人揃いの社交界において抜きんでて特別に美しいというわけではない。しかし小柄でありながら均整のとれた体つきと、見る者を魅了する華やかなファッションが絶大な支持を得ていた。

その彼女がどのようなドレスで現れるか。それは夜会に来る人々にとって最大の関心事であり、そこかしこで彼女の到着を待ち望む人々の興奮した声が漏れていた。

男性は、その艶麗（えんれい）を目で楽しむために。

女性は、次の流行を見極めるために。

だがその晩は何もかもが違っていた。

「ほら、あの馬車よ！」

目ざとく見つけた誰かの声でさざ波のような囁きが収まって辺りがしんとした。

その静寂の中、シルヴァスタイン家の当主に支えられて、夫人は四輪馬車から優雅に降り立った。落ち着いた色合いの厚ぼったい布に体のほとんどすべてを覆われた彼女には、いつものような妖艶さはどこにもない。

男性からは落胆のため息が、女性からは驚きの声が漏れた。

そんな周囲の空気をよそに、当の二人は玄関口で出迎えた伯爵にそろってにこやかな挨拶をし、寄り添って会場へ入る。

入口の階段を一歩一歩ゆっくりと踏みしめながら夫人がふいに旦那様の耳元に口を寄せて何かを囁き、旦那様はすぐにぱっと顔を輝かせて何度も何度も頷いた。

その姿に会場全体がざわめく。

会場の反応とは裏腹に旦那様が奥様を見つめる瞳には誇らしさが浮かび、奥様のほうは豪奢な会場を見渡そうと忙しげに緑色の瞳を動かしていた。

リーが旦那様の耳元で囁いたのは、「今夜は旦那様のお傍にずっといてもよろしいですか？」という一言だ。

　このお願いには、もちろん裏がある。

　ときはさかのぼって昨夜のこと。

「ねぇ、トマさん？」

「エルザ、クリステン、ナターリエ！」

「ねぇねぇ」

「ローザ、ベルンハルト、フェリクス！」

「ねぇったら」

「レオン、オットー、トルステン！」

「トマさん」

「ニコ、ロビン、ルートヴィヒ！」

トマとリーは、目下ダンスの特訓中であった。

　手を取り合ってステップを踏む二人の姿は離れた場所から観察すると微笑ましいが、トマの鬼気迫る表情に微笑ましさは一片もなく、額に浮かんだ汗に部屋の灯りが反射してときおり鋭い光を放つ。

　なんだかんだと言いつつもリーには一貫して優しかったトマが、この数日間はほとんど眉間の皺を緩めなかった。心配したリーが「トマさん、ここの皺、消えなくなっちゃうよ」と手を伸ばし、指で丁寧に伸ばしてあげるという一幕まであったほどだ。

「ベラ、ダイアン、アダム！」

ステップのリズム「ワン、ツー、スリー」の代わりにトマが繰り出すのは、すべて夜会参加者の名前である。二人はこうして、かれこれ三時間以上もずっと踊り続けていた。

「ねぇってばぁっ‼」

リーはトマに負けじと足を動かしながら、もう一度声を張り上げた。

あなどることなかれ、花売りの声量はすさまじいのである。窓がガタガタと揺れ、トマは慌ててリーの手を離して耳をふさいだ。

しかし耳をふさぐのが少し遅すぎた。

トマはしばらく目を見開き二度三度と強く瞬きをして、鼓膜が受けたダメージをなんとか逃がそうと奮闘している。

「……なんですか」

「もう無理なんじゃないかなぁ」

無理、という言葉を聞いた瞬間トマの眉がぐいと吊り上がり、眉間の皺がぐっと深くなる。リーは心配してまたその皺に人差し指を這わせた。

「無理ではありません」

リーの指を押し返すほど眉をくいくいと動かしながら、トマは一歩も譲らない。

「だって明日だよ？」

「まだ一日もあります」

「でも、これまで二週間ほとんど毎日この調子だよ？」

そのおかげで随分ダンスの腕前は上がり、リーのステップは軽やかで美しくなった。朝から晩まで踊り続けているのだから、それも当然だ。特にこの一週間は追い込まれたトマの鬼のような特訓の毎日だったので、食べ過ぎで太っていたリーの体つきも引き締まり、この屋敷に来たころの姿に戻っていた。

「ダンスは平気だけど、名前は間に合わないよ」

「……それでも何人かは覚えておられるでしょう？」

トマの言葉に、リーは目を泳がせた。

とたんにトマの眉間の皺が深さを増す。

「……ええと……ローザって人だけ。花の名前だから」

トマはやれやれと息をつき、手近な椅子にそっと腰かけた。

「……本当に人の名前が覚えられないのですね」

「あ、でももうひとり、セバスちゃんもたぶん覚えた」

なんかイントネーションがおかしいが、そこまでツッコむ元気はトマに残っていない。

その名を聞くなりトマはぶるっと肩を震わせた。

「……あれはまぁ……嫌でも覚えてしまいますね……」

何を隠そう、セバスチャンというのはあの仕立屋の名前である。

あの日からほとんど毎日のように屋敷にやって来ては新しいドレスをミリ単位で調整して完成度を高めるのに余念がなく、「奥様、ほらちょっと回ってみてください。あァら、色気のない回り方ねェ。奥様もっと妖美なオーラ放ってなかったかしらァ？　どうしたのよ、それ。なんとかならないの？」と厳しいご意見をくださるので、リーにはすっかり煙たがられていた。

その上「セバスチャンって男の人の名前じゃないの」というリーの言葉に答えて言ったことには「だってあたくし、生物学的には男よ？　心は女性だけど。ほほほ」である。

奥様が男性と会話するだけでブリザードが吹き荒れるこの屋敷に、まさか仕立屋（男）が頻繁に出入りしていたとは、とトマは顔色をすっかり失っていた。

本物のレティーシア奥様が仕立屋とほかの人を会わせないように細心の注意を払っていたのは、そんな理由だったのだ。リーとトマは静かに視線を交わし、セバスチャンの生物学的な性別は旦那様には秘密にしておきましょうと無言で誓いあった。採寸や仮縫いの際、仕立屋の前では当然下着姿になったり着替えたりするのだ。あの旦那様がそんなことを知ろうものなら、屋敷には寒冷前線が押し寄せる。

それはともかく、ただでさえ人の名を覚えるのが苦手なのに一度も会ったこともない人の名前を大量に覚えなければならず、連日連夜ダンスや作法の練習に追われ、そこにときおり仕立屋という名の邪魔まで入りこんでくるのだ。リーが「無理」と匙(さじ)を投げたくなるのも頷(うなず)ける。

「やっぱり、無理だと思うなぁ」

リーの呟(つぶや)きに、トマもついに反論をやめてうつむいた。

リーもさすがに申しわけなさを覚えたのか、少しうなだれる。首を斜めに傾(かし)げ、前に倒すようにして床を見つめた。だが次の瞬間には、すっかり憂(うれ)いの晴れた顔でにぱっと笑った。

「ねぇ」

リーはポンと膝を打つ。

「旦那様、今夜はずっとお傍(そば)にいてもよろしいでしょうか?」

リーが顎(あご)をツンと持ち上げて唐突に言ったので、トマは顔を上げた。

「奥様？」

リーはにぱっと笑った。

「これ、どうかなぁ？　旦那様にずっと張りついて一緒にいたらさぁ、なんとかなるかなぁと思って。相手の名前わかんなくても旦那様の隣でにこにこしてればいいし。一緒にいたいって言ったら、きっと旦那様も喜ぶと思うよ！」

リーはよい作戦を思いついたとほくほくだったが、トマの眉間の皺は海溝並みの深さになる。

それでも結局、深夜になっても名前を覚えられずに立ったまま居眠りをはじめたリーを見て、トマは「奥様の作戦以外に夜会を無事に乗り切る道はなさそうですね」と諦めたように小さくため息をついた。

もし目が覚めていたとしても、トマのため息の理由はリーにはわからなかったに違いない。

「旦那様が喜ばれるのが、よいことだとは限らないのですよ」

トマのため息など知る由もない旦那様は、リーの「旦那様のお傍にずっといてもよろしいですか」発言に大喜びだった。天にも昇らんばかりに「もちろんだとも！」と何度も何度も頷き、リーの小さな手をぎゅっと握る。

リーもお許しをもらってひと安心し、旦那様の腕に絡めた手に力を込めた。

そんなふうだから、周囲からはそれはもうアッツアツのご夫婦に見えるわけである。

しかし、辺りを包んだざわめきも少しすると落ち着きはじめた。噂の的は山ほどいる。新たな噂の主が姿を現せば、人々の視線はそちらに引き寄せられてゆく。それでも二人には遠慮がちな視線が方々から投げかけられたが、旦那様は意に介さず、リーはそれに気づいていない。おかげで二人は至って和やかな空気に包まれていた。

知り合いと会うたびに立ち止まって挨拶を交わすが、リーは旦那様の隣で微笑むのみ。言葉を発するとしても「ええ」とか「お久しぶりですわね」とか「おかげさまで」とかそういった決まり文句だけで、「あら奥様そのお召し物とても素敵ですわね。どこでおつくりになったのかしら。まぁそうですか、あのテーラーの、オホホそうですの。私も今度頼んでみようかしら。オホホ、ところでお嬢様はお元気かしら、ええまぁそれは素晴らしいわね。またぜひ宅にお茶を飲みにいらしてね」といった、世の奥様方のような言葉は出てこなかったが、旦那様の人当たりがよいので会話が不自然になることはなかった。

リーの作戦は、今までのところ大成功である。

夜会はとどこおりなく進行し、会場は楽団の奏でる美しい音楽に包まれた。

同時に、それまで談笑していた人々がダンスフロアにあふれ、あっという間に豊かな色彩が広がる。女性たちの華やかなドレスには、たっぷりとしたレースやフリルが優雅にあしらわれ、首元や髪を彩(いろど)るきらびやかなアクセサリーは目に痛いほどの輝きをまき散らす。

その中で異彩を放っているのがリーである。黄とも茶ともつかない、まさに落ち葉のような色をした厚い布地にくるまれ、装飾と呼べるのは袖と裾(すそ)にあしらわれた刺繍(ししゅう)だけ。豊かなこげ茶色の髪の毛はきっちりと編み上げられ、ドレスと同じ布で作られた細いリボンが結ばれていた。

旦那様と向かい合って幸せそうに微笑む姿に、周囲の人々はそれとなく視線を送っていたが、その遠慮がちな視線は二人が踊りはじめるとすぐにあからさまなものに変わった。

地味な色で厚ぼったく見えたドレスが、リーとともにひらりひらりと踊り出したのだ。仕立屋セバスチャンが足しげく屋敷に通ってミリ単位の調整を繰り返しただけあって、計算しつくされた裾のドレープは花のように広がり、大きな袖口もふわりと風をはらむ。余計な装飾がない分ドレスは軽く、リーのステップに合わせて揺れる。ドレスの色が落ち着いているためか、リーの透き通るように白い肌が普段より強調されてふんわりと穏

やかな光を放ち、裾と袖に施された刺繍が天井の照明を受けてキラキラと輝いた。そして何よりも、旦那様と見つめあって頬を染める無邪気であどけない笑顔が、人々の視線をひきつける。

「相変わらず、君はいつだって人を魅了する」

一曲踊り終えたところで旦那様がそう呟いた。

誇らしげだがどことなく寂しさをはらんだ言葉に、リーは「旦那様のエスコートがお上手なおかげですね」と笑顔で返事をした。旦那様の顔に、優しい笑みが広がる。

「足が痛くはないかい？」

旦那様はつないだリーの手をぽんぽんとリズミカルに叩きながら尋ねた。

「ええ。大丈夫です。旦那様。でも……」

「でも？」

「お腹が空きました」

リーの言葉に旦那様は穏やかに笑い、二人そろってダンスフロアからゆっくりと移動する。

「スカートのボリュームが少ないと二人で並んで歩くのも楽なものだね」

旦那様がしみじみと言った。

たしかに、周りの女性陣のようなフリルやリボンどっさりのドレスでは、隣に立つ人は常にドレスを踏まないように気を使わなければならない。下手をするとスカートに弾き飛ばされそうである。

「あぁもちろん、君がまたああいうドレスを着たければ次の夜会はそれでも構わないのだが」

リーの無言の意味を取り違えた旦那様が慌ててつけ加えたが、リーの視線はまっすぐにテーブルの上の豪華な食べ物に向けられていた。食事を見つけたリーの足取りが軽やかになったことに気づいた旦那様はそれ以上何も言わず、口角をふっと緩める。

そこへ、背後からひとりの男性が近づいて声をかけた。

「シルヴァスタイン殿、ご夫人。お久しぶりです」

白いひげをたっぷりとたくわえた初老の男性は恭しくお辞儀をする。

「これはこれは。お久しぶりです」

旦那様がお辞儀を返し、リーもそれに倣った。

「こんな場で失礼とは思いますが、少しお話ししたいことが……長くはかかりませんので、少しお時間をいただけませんかな」

男性の言葉に旦那様は困ったように眉根を寄せ、リーを見やった。

「しかし今夜は妻と……」

「大切なお話なのでしょう？　わたくしならそこでお食事をいただいていますから、ご心配には及びませんわ」

ご心配には及ぶのである。

ひとりでいるときに誰かから声をかけられたらどうするつもりなのだろうか。

なんのために一晩中旦那様に張りついていることにしたのか。

おいしそうな料理を前にしてそんなことがすっぽり頭から抜け落ちてしまったリーは堂々と胸を張った。

「そうかい。すまないね、レティーシア」

旦那様はリーの耳元に「ほんの一瞬だけ君の傍を離れるけれど、すぐに戻ってくるからどうか許してくれ。約束を違えたつぐないは必ず」という甘い囁きを残し、美しい歩みで去って行った。

リーはその背中を見送ってすぐに踵を返すと、目の前のテーブルにこれでもかと並べられた料理に瞳を輝かせる。

「どれをおとりいたしましょうか、奥様？」

すぐ近くにひかえていた給仕に問われ、リーは文字通り目移りしながら「これと……

それも少しいただこうかしら」と肉料理ばかりをチョイスした。

給仕は「かしこまりました」と言って真っ白な皿に美しく料理を盛りつけ、適度に野菜を添えてリーに手渡す。

丁寧に礼を言いながら受け取ったリーはまっすぐに近くの壁に向かい、そこにもたれかかった。

「ふー」

小さな口から思わずといったため息が漏れる。

馬車を下りる練習にはじまり、挨拶の練習、お辞儀の練習、ダンスの練習と、トマとともに特訓してきたことを一つ一つ実践したのだ。さすがに疲れを感じているのだろう。

それでも目の前の皿に盛られた料理に元気をもらったリーは、にっこりと笑って大口を開けた。

「……いったいどういう風の吹き回し？」

突然横から声をかけられ、口いっぱいに食事を頬張っていたリーは慌てて喉をごくんと動かした。

ぷんと鼻につく香りを漂わせたその人は鮮やかな青のドレスに身を包み、漆黒の髪の毛をゆったりとしたシニョンに結い上げている。嫣然という言葉がこんなにも似合う人物は少ないだろう。

　えーっと誰かなこの人、と思っているのがすっかり顔に出てしまっているリーは、「どういう意味かしら？」と曖昧に微笑んだ。トマから「奥様のご友人……」と言って教えられた数人のうちのひとりだが、いかんせん、どの名もすでに忘却の彼方なのだ。

「その奇抜なドレスに、シルヴァスタイン様とべったりな今夜の態度……何があったのよ？　ご執心だった将校のスタイルズがいなくなったから、落胆のあまり貞淑を装うことにでもしたわけ？」

　真っ赤な紅のひかれた唇から流れるように出てきた言葉にリーは目を見開いた。目の前の人が誰だかわからないのに、新たな登場人物の名前まで飛び出し、しかもこの人はどうやら奥様に好意的ではないらしい。さすがのリーも平然としてはいられなかった。

　無言で青いドレスの女を見つめる。

　ドレスを奇抜と評価されることは理解できるとしても、将校だとかスタイルズだとかご執心だとかいうのは、何やらまずそうな気配が濃厚だ。

「あら。スタイルズが街を出たっていうのはすでに周知の事実よ。知らなかったとは言わせないわ。噂によると突然異動を願い出たそうじゃない。それも、わざわざここから遠く離れた辺境の地に。何があったのよ？」

「ええっと……」

「私にも話せないってわけ？」

この女性は奥様と親しかったようである。

「ええっと……話せることは何もないわ。ごめんなさい」

リーがそう返すと、女性はしばらくじっとリーを見た。リーはその視線を真正面から受け止め、漆黒の瞳を見返す。秘密だから話せないのではない。何も知らないから話せないのだ。

「……みじめなものね」

ハッというため息とともに女性が呟いた。

「え？」

「夜会に咲く一輪の花とまで言われたあなたが」

その通称を耳にしたのははじめてだったリーは、ただただ目を丸くするだけだ。

女性はリーの頭の先から足先までもう一度見つめて、「今は夜会に生えた一束の草って感じ？」と言い捨てると踵を返し、きつい香りとともに黒髪をなびかせて去って行った。

美しい顔に、勝ち誇った笑みを貼りつけて。

女性が立ち去ったあと、リーは視線を落として自分のドレスを見つめた。

落ち葉みたいと選んだドレスの色といい布地の模様といい、袖口に深い緑で刺繍された唐草模様といい、「草」とは言い得て妙である。

リーも納得し、「うまいこと言うね」と一言呟いた。

傷ついた様子もなく手に持った皿に視線を移し、すぐにまた肉を口に運びはじめる。

濃厚そうなソースのたっぷりかかったそれを口に放り込み、んーっと悦に浸った。

食べ過ぎには注意するようにとトマからやかましく言われているのに、それを忘れているのか。それとも、忘れたことにしているのか。

こういう場での女性というものはふつう、それはそれは小食である。男性から食事をすすめられても「わたくし胸がいっぱいでとても……」とか言ってみたり、「もともとあまり量は食べませんの……」と口元を小さくすぼめてみせたりして、か弱さや淑やかさというものを前面に押し出すのだ。

それなのにこの娘ときたら、最前面に押し出しているのは食欲ときたものだ。

手元の皿にまだ残っているというのに、早くも食事の並べられた一角を見つめて口元を緩め、次は何を食べようかと思案している。

仕立屋セバスチャンの手で体にぴったりと沿うよう縫製されたドレスは露出度こそ高くないものの、体のラインをほぼそのままかたどっていた。そのため、食べ過ぎで腹がぽこりと出ているのが傍目にもわかる。

セバスチャンが見たら「ンまぁ、色気がないわねェ！」と罵られそうな腹をして、リーはにこにこと会場を見渡した。緑の瞳に映るのは、会場を埋め尽くす鮮やかな色彩。

「色とりどりのお花みたい」

小さく呟いたそのとき、視界を遮るようにひとりの男性が目の前に現れた。

「レティーシア嬢、ここにいらっしゃいましたか」

男性はにこやかに話しかける。

肉を頬張ったところだったリーは、また慌ててごくんとそれを呑み込んだ。今度こそゆっくり味わおうと思っていたのに、と恨めし気な表情を一瞬顔に浮かべてから、誤魔化すように優雅に微笑む。

「ダンスにお誘いしようと思って」

男性は魅惑的な笑みをたたえて右手を差し出した。金色の髪の毛がふわりと頭上に踊り、細められた瞳は空のように蒼い。

リーは壁を背に曖昧な表情をした。男性の美しさに戸惑ったわけではない。左手には料理の盛られた大きな皿を、右手にはフォークを持っているので、手を差し出されてもどうしようもないのだ。

男性はすぐにそれを察し、リーの手から皿をすっと取って手近なテーブルに置いた。

だが男性の気遣いはリーにとって「肉を奪い取られた」としか映らない。緑の瞳が一瞬不機嫌そうに揺れる。

「今はお食事を……」

不愉快な表情を隠さずにリーは口を開いた。しかし、男性がそれにひるんだ様子はなく、にこやかな顔で告げる。

「次はあなたの好きな曲ですよ。さぁ、ダンスフロアへ行きましょう」

「でもあの、今……」

明らかに渋っているのに、男性は何も聞こえていないのかと疑わしくなるほど自信満々にリーの手を掴むと、ダンスフロアに向かって歩き出す。

「あの、今夜はちょっと……それに今は食事を……」

引っ張られながらリーは名残惜しそうに皿を見つめ、情けない声を上げた。

「まさかあなたがダンスの誘いを断るなんてことはありませんよね？」

そのまさかである。

「今夜は踊れませんの」

　肉から無理やり引き離されたのが悔しかったらしく、リーは両足を踏ん張って立ち止まり、つんと顎を上げた。レティーシア奥様のマネをしているのか、ただ肉を奪われて腹がたっているのか、判断はつかない。

「先ほどシルヴァスタイン様と踊っておられたではありませんか」

　男は涼しい顔でしつこく食い下がる。

　どうやら冷たくあしらわれるのには慣れっこらしい。

　シルヴァスタイン様と踊っていたにもかかわらず自分の誘いを断られたということが何を意味するのか、よく考えてみたまえよ、という話である。

「スタイルズが街から消えたと聞いて僕の心は躍りあがったのです。あなたを手に入れるまたとないチャンスだとね」

　またしても、スタイルズの名。

　先ほどの女性の話とこの男性の話を合わせると、スタイルズというのは奥様が懇意にしていたお相手のようである。

　あらぬ方向に話が進んでいることに気づいたリーは、頬をピクリと持ち上げた。

「自惚れかもしれないが……あなたは、スタイルズの次に僕を気に入ってくださっていたのでは？」

自惚れかもしれないと口では言いつつも、その瞳は自惚れでないことを確信して鋭く光っている。

一方のリーは、うさんくさそうに男性を見つめた。本物の奥様が誰をどんな順番で気に入っていようとリーは知ったこっちゃないのである。肉を取り上げられた上に何やらめんどくさそうな話まで持ち出されて、うんざりといった様子だ。リーがこんな顔をするのは余程のことだが、本物のレティーシア奥様がこういう表情をするのは珍しくなかった。男性は厳しい視線を受けても一切動じず、手を離す様子は毛ほどもない。

そしてあろうことか、小さな手を引っ張ってリーの体をぐいと引き寄せると、耳元に口を寄せて囁いたのだ。

「足が痛くてダンスをするのがお嫌なら、ここを抜け出してどこか別の場所へ行きますか？　座れる場所か……それとも……もっとゆっくりと過ごせる場所か……二人だけでね」

その言葉に含まれる意味をどこまで正確に理解したかはわからないが、リーは顔を大きく横へ逸らし、むっつりと黙ったまま掴まれた手を振りほどこうとする。

とそこへ、救いの手が差し伸べられた。

え！」
「フェリクス！　レティーシア嬢が嫌がっているではないか。無粋なことはやめたま

快活そうな声が背後から飛んできた。リーが振り返ると、そこには黒髪をきっちりと後ろに撫でつけた青年が立っている。

しつこい碧眼男性の名はフェリクスというらしい。

男性その一の名前が判明したものの、新たに登場した黒髪の男性その二の名前はいまだもって不明である。

「これはこれは、トルステン」

男性その二の名前は男性その一の吐き捨てるような言葉のおかげであっけなく判明した。

男性その一とその二は平静を装って見つめ合うが、瞳には隠しきれない炎がちろりと宿っている。

フェリクスとトルステンは、どちらもトマがダンスレッスンのときに挙げた名だ。無論リーはどちらの名前も覚えていない。瞳だけを器用にきょろきょろと動かして二人の男性に交互に視線を投げ、ぶつくさと何か呟いている。一応名前を覚えようという気はあるらしい。

「フェリシモ……トリスタン……」

復唱の時点ですでに名を間違っている。正確な名前を覚える見込みは皆無だろう。

リーが三度ほど間違った名を口にしたところで、その視界にもう一つの影が入り込んだ。

リーはゆっくりと顔を上げる。

「おやおや、みなさんおそろいで」

登場人物がまた増えてしまったと、リーは心底嫌そうに顔をゆがめた。

「三人はさすがにムリ……」

顔をそむけたリーの口からは本音がポロリ。男性その三は将校の制服を着た体格のよい人物だ。

さらに「フェリクスにトルステンにアダム。レティーシア嬢にダンスの申し込みかな？　見たところ皆断られているようだが？」という陽気な第四の声まで割り込み、リーの眉間には昨夜のトマもかすむほど深い皺が刻まれた。

その上、「次の曲の相手としてレティーシア嬢が選ぶのは間違いなくこの私だよ。以前この曲を私と一緒に踊ってくださったのだからな」などという五人目の男まで現れ、あれよという間にリーは五人の若い男に囲まれてしまった。

どいつもこいつも、どこからその自信が出てくるのかと思いたくなるくらいの大口を叩くが、なるほどどうしてそれぞれに整った容姿をしている。

「さぁ、誰と踊りますか？」

五人から囲まれてずずいと手を差し伸べられ、リーは緑の瞳を左右にせわしなく動かした。どの手も取らず、誰とも踊らないという選択肢はすっかり消されている。

それぞれタイプの違った美男子に囲まれたこの図は、世の女性が見たら垂涎もののオイシイ状況に違いない。だが、リーはものすごく迷惑そうに男性たちの先の一点をじっと見つめていた。

視線の先には皿、すなわち肉。リーにとって何よりもオイシイもの。

「ほら、早く。曲がもうはじまってしまいます」

「レティーシア嬢？」

「僕の手を」

「いいや、私と」

「美しいその手をこの私に」

口々に言われ、リーはふうとため息をついた。

「どなたとも踊る気はありません」

当然だ。知らない男性とダンス中に会話なぞしたら、それこそ正体がバレてしまう。

「それに、レティーシア嬢ではなく、シルヴァスタイン夫人、と」

なんとか嬢、という呼称は通常未婚の女性に用いられるものだとトマに昨夜教わったばかりのリーにとって、その呼び名は不自然に聞こえた。

その言葉に男たちはざわつく。

「そんな！　まさか！」

「シルヴァスタイン様へ操をたてるとでも？」

「あなたがたくさんの男性とダンスを楽しまれるのはいつものこと！」

「彼だって大人の男なのだから、あなたがほかの男性と踊っても気になどなさらないでしょう」

「あなたはいつも名で呼んでほしい、と」

口々にまくしたてられ、リーの頭はもはやパンク寸前、額から湯気がたち上っている。

「ああっ！」

リーは突然、淑女らしからぬ大きな声を上げた。

そして、男たちの背後を指し示す。

五人の男は一斉にそちらを向いた。

そのわずかな隙をついて、リーは円をするりとくぐり抜けてスタコラサッサ。

なんという古典的な方法か。そして見事に引っかかる男たちの、なんと間抜けなことか。

「あ！　レティーシア嬢！」

駆け出した背後から声が追いかけてくるが、リーは振り向くことなくドレスの裾を持ち上げてそそくさと人波に紛れ込んだ。シンプルなドレスのおかげで周囲の人にぶつかることもなく、鮮やかな色彩の中を枯葉色がすり抜けていく。

喧騒から抜け出して静かな空間に入り込むと、そこには石造りの巨大な螺旋階段があった。高い高い天井まで吹き抜けた空間に足音が響く。

「わぁ……」

見上げたリーは感嘆の声を上げた。

吹き抜けを明るく照らすのは、典雅なガラスのシャンデリア。

さっきまでの仏頂面はどこへやら、リーの頬は桜色に染まって嬉しそうに引き上げられた。

よほどその空間が気に入ったのだろう。リーは天井を見上げたまままくるくるとその場で回った。ドレスの裾が広がり、枯葉が一瞬で花に変わる。

だが平和な時間に水を差すように、幽かに「レティーシア嬢！　どこですか！」という声が聞こえてきた。リーはすぐに回るのをやめ、慌ててきょろきょろと辺りを見渡す。まだその視界に姿を捉えることはできないが、すぐにあの五人のうちの誰かがここへやって来そうだ。

リーは軽い足さばきで移動すると、階段下の薄暗い陰にするりと入り込む。息をひそめ、じっと目を凝らした。

巨大な階段の陰は深く、リーの濃い色のドレスは見事に闇に溶け込んでいる。

「レティーシア嬢！」

声が近くで聞こえ、リーは身を縮ませてさらに奥へと身をひそめた。

階段のすぐ脇を金髪碧眼の青年フェリクスが足早に通り過ぎたのを見送り、リーはふうと一つ息を吐く。

「ここ、いいなぁ」

そうひとりごちてリーは壁にもたれかかった。先ほどまでのきらびやかな世界が嘘のような、静かで薄暗い空間。

だが、次の瞬間、リーは大声を上げることになる。

誰もいないと思っていたその場所には、先客がいたのだ。

一方、優雅な音楽が高い天井に響く中、鮮やかな色彩の上にひょこりとつき出た茶色の頭が周囲を見回していた。

「レティーシア？」

旦那様が広いダンスホールで奥様を探していたのだ。

足早に人々の間をすり抜けながら、茶色い瞳が物憂げに揺れる。ダンスホールを横切ることはできないからと壁際をぐるりと回り込まざるを得ないが、そうするとときおりつかまってしまうのだ。「あら、シルヴァスタイン様。お久しぶりですわね」とか、そういった言葉に。

無視するわけにはいかず、旦那様はそれぞれに愛想よく答え、なんとか手短に切り上げてまた奥様探しに戻る、という作業を幾度となく繰り返していた。

やっとのことで先ほどリーと別れた辺りにたどりついたところでドン、と衝撃を受けて肩を反らした旦那様は「ああ、失礼。君、妻を……レティーシアを見なかったかな？」と、ぶつかってきた若い男に問いかけた。

その男はフェリクス。リーにしつこくダンスを申し込んでいた男である。彼のほうもリーの姿を探してきょろきょろしていたから、前方不注意で衝突してしまったらしい。

「……いいえ」

ぶつかった相手が旦那様だと気づいたフェリクスは謝ろうとして開いた口をつぐみ、仏頂面（ぶっちょうづら）になった。

「そうか。ありがとう」

そう言って再び人波の中に視線を泳がせはじめた旦那様の肩を、フェリクスの手ががっちりと掴（つか）んだ。

「失礼ですが、シルヴァスタイン様」

金髪碧眼（へきがん）の青年は瞳を鈍く光らせる。

「なんだい」

「今度はレティーシア嬢にダンスまでお禁じになったのですか」

旦那様は一瞬眉根を寄せ、それから窺（うかが）うような視線を投げかけた。

「……ダンス？」

「あのレティーシア嬢がダンスの誘いを断るなどあり得ない。あなたがそうしろとおっしゃったのでしょう？」

旦那様は目を細めるだけで問いには答えず、小さな声で「ダンスを断った？」と呟（つぶや）いた。

その呟きを聞いたフェリクスは一層険しい顔になり、もはや旦那様を睨みつけている。

フェリクスは旦那様よりも五つ六つ年下であろうという風貌だし、その服装からしても旦那様のほうが格上なのはたしかだ。にもかかわらずこの態度は、若さゆえの暴走といったところだろうか。

「その上、呼び方にまで口を出されるとは。少し寛容さに欠けるのでは？」

「呼び方……？」

そこまで言われても不愉快な表情を見せず、ただただ不思議そうに尋ね返す旦那様とこの若者、どちらのケツの穴が小さいかなど一目瞭然である。

「シルヴァスタイン夫人と呼ぶように、と先ほど」

「妻がそう言ったということかな？」

「そうです」

フェリクス青年は顔をこわばらせたまま続けた。

「シルヴァスタイン様、レティーシア嬢には二つのあだ名があることをご存じですか？」

旦那様は小さく首を振った。

フェリクスは肩で息をして、勢いよく言葉を吐き出した。

「一つは、夜会に咲く一輪の花。そしてもう一つは……」

「籠の中の鳥夫人？」

リーは厚手の白い布に包まれたままモゴモゴと聞き返した。すぐ傍の暖炉ではパチパチと音をたてて薪が燃え、穏やかな光がリーを包み込んでいる。

「ええ、その……ただの噂ですけれど……」

リーのすぐ脇の椅子に腰かけた少女が遠慮がちに言った。リーよりも明るい栗毛の巻き髪に、ヘーゼル色の瞳。少しうつむきがちにリーを見つめて、心配そうな顔をしている。

「そう……っぶへくしょいっ」

リーが答えながらくしゃみをすると、少女は慌てて椅子から立ち上がり、リーの体を拭いている侍女に申しわけなさそうに「もう少し火を強められないかしら？」と頼んだ。

リーがこの屋敷の二階に位置する一室で、暖炉の火にあたりながら髪の毛を拭いてもらっているのには、わけがある。頭から水をかぶって、髪から腰の辺りまですっかりびしょ濡れなのだ。

階段下でリーを心臓が止まるほど驚かせた先客は、今リーの目の前で心配そうな表情をしているこの少女である。少女は暗闇の中で下を向き、自分の姿が誰の目にも映らないことをひたすら願っているかのように身を縮めて立っていた。そのせいでリーは少女に気づかないまま暗闇に入り込み、奥の奥まで入ったところでその存在に気づいて縮み上がったのだ。

階段下の暗闇にぼんやりと浮かび上がった人影に慄いたリーは「うぎゃぁっ」と淑女らしからぬ大声を上げ、文字通り飛び上がって暗い空間から弾けるように飛び出した。そのとき、階段脇に置かれていたキャビネットにしたたかに頭を打ちつけたリーは気づいていなかった。

キャビネットには巨大な花瓶が置かれ、花が生けられていたことに。

そして、その花瓶が不安定にぐらぐらと揺れていたことにも。

そうして頭から花瓶の水をもろにかぶったリーはびしょ濡れになったというわけである。幸いにも暗闇の先客がこの屋敷の令嬢だったおかげでリーはすぐにこの二階の部屋に案内され、そこで火に当たって暖まりながら、屋敷の女中に濡れた体を拭いてもらっていた。

少女の名はローザ。トマに教えられた名前の中で唯一リーが覚えていた名の主だ。

「どうしてあそこにいらっしゃったの？」というリーの問いに、ためらいがちな返事が返ってくる。

「私、人見知りで……こういった華やかな行事が苦手で……つい物陰に隠れてしまうのです。ダンスを踊ったのはデビュッタントでの一度きりで……それ以降は一度も」

質問にはしっかりと答えるが、その目は恥ずかしげに伏せられ、睫毛と前髪越しにリーを見つめている。

デビュッタントというのは貴族の娘や良家の子女が社交界にはじめて出る公式の行事で、そこでのダンスは半ば義務といえる。デビュッタントはこの内気な少女にとって拷問のようだったに違いない。

「そうだったの」

リーは思慮深げに目を細めて優しく頷いたが、一瞬緑の瞳を泳がせた。どうやらデビュッタントの意味がわからなかったらしい。だから「そうだったの」以外に返事ができなかったのだろう。しかし、気の毒そうな声は心底少女に同情しているかに聞こえた。

少女はなおも、もじもじと目を伏せたままだ。

「あの……シルヴァスタイン夫人はなぜ……その……逃げているように見えましたが……」

消え入るような声でそう言ってから少女はぐっと奥歯を噛みしめ、意を決したように続けた。

「あの、奥様はシルヴァスタイン様に閉じ込められているのですか?」

「へ?」

そうして少女が教えてくれたのが、シルヴァスタイン夫人につけられた第二のあだ名、言わば裏の名だった。


「籠の中の鳥夫人?」

「ええ、その……ただの噂ですけれど……」

「そう……っぷへくしょいっ」

くしゃみをしたリーを気遣って火が強められ、暖炉の火が煌々と燃える。

「旦那様にお屋敷に閉じ込められていると聞いたことがあって……それで籠の中の鳥夫人、と。その……物陰にいると人の噂話ばかりが耳に入ってくるので。それであの……」

少女は言いにくそうに、膝の上で組んだ手をそわそわと動かした。

「それで?」

リーはきょとんとした顔で尋ねる。

「階段下に奥様が逃げ込んでいらしたあのとき、もしかしてシルヴァスタイン様から逃げておられるのかもしれないと思ったのです」

「ああ、だからすぐにここへ連れて来てくださったのね。ありがとう」

リーはにっこりと笑った。少女はどうやらリーを匿おうとしたようだ。

「しつこいダンスのお誘いから逃げていただけで、だん……ジュールから逃げていたわけではないのよ。閉じ込められてなんていないし」

「そうだったのですか」

少女はほっとしたような表情になって、噂話を信じていたことを恥じてうつむいた。

一方のリーは何やら少し考え込んでいる。

乾かすためにほどかれた茶色の髪の毛が一束、頬に落ちたのを耳にかけながら、リーは顔を上げて少女を正面から見つめた。

「籠の中がとっても快適だったらね、あまり外に出たいとは思わないものよ？」

リーの言葉に少女は伏せていた目を上げる。

緑の瞳とヘーゼルの瞳。視線が穏やかに交差する。

「外に出たいと思わなければ、籠の入り口が開いていようが閉じていようが関係ないし。ときには、籠の口が閉じているおかげで助かることもあるかもしれないしね」

少女はハッと顔をあげ、またすぐ恥じ入るように下を向いた。

「……そんなふうに考えたことはありませんでした」

「そう」

「……私も……私も、ほとんどここを出たことがないのです。五歳のときに馬車の事故で両親を亡くして以来、私が外出するのを祖父がひどく嫌って……」

「おじい様はあなたを守りたいのね」

リーの言葉にローザは目を見開いた。

「……なぜ……そう……？」

「だって、あなたはとても愛されているでしょう？」

「なぜ……ですか？」

「このお屋敷、あちこちに薔薇の花が飾られているもの。エントランスのホールにダンスホール、さっきの花瓶に生けられていたのも薔薇だったし、このお部屋にも。あなたと同じ名の花。お花を選んだのはもちろん、お屋敷の御主人であるあなたのおじい様でしょう？　だから、愛されているんだなぁと」

「ええ、本当に祖父は私を大切に……ただ……私が屋敷に閉じこもっていることをよく思わない方々もいらっしゃるようで。物陰にいる私に聞こえてくる悪評にはときおり私自身に関するものもありますから……祖父の名誉が傷つけられるのは嫌で……」

そういう心無い噂話(うわさ)が、彼女をさらに物陰に押し込めてきたのだろう。

リーは何かを考えるように瞳を上に動かしたあと、少女に視線を戻してゆっくりと言った。

「あのね、世の中にはね、三種類の人がいるんですって」

一つめは、あなたが何をしてもあなたを嫌う人。

二つめは、あなたの行動によってはあなたを好きになってくれる人。

三つめは、あなたが何をしてもあなたを好きでいてくれる人。

「何をしても、悪く言う人は言うの。でも、何をしても好きでいてくれる人もいる。それなら、悪く言う人の言葉なんて気にせずに、好きでいてくれる人を大切にしたいと思わない？　あなたのおじい様は間違いなくあなたをずっと愛してくれる三つめの人でしょう？」

少女は大きな瞳を潤ませて頷いた。

「ステキなお話ですね」

「えへへ。ずっと前に教えてもらったの」

笑い方に素のリーがにじんだ。

「……ご両親にですか？」

リーは答えなかった。リーには両親の記憶はないから、両親に教わったわけではないはずだ。きっと、彼女の波乱万丈な人生の中で出会った誰かに教えてもらったことなのだろう。

無言で微笑み肩をすくめたリーは堂々と、そして奥様然としているが、決して高慢な雰囲気ではない。しっとりと湿り気を帯びた豊かな髪の毛が流れるように肩を縁取り、少女はそれに見惚れて視線を送った。

「わたくしたち、鳥籠同盟が結べそうね？」

リーのおどけた口ぶりに、少女は鈴を転がしたような声で笑った。その顔にはおどおどとした様子も、窺うような気配もなく、純粋にリーに対する好意だけが浮かんでいた。

「シルヴァスタイン夫人……あの、そのドレス、とても素敵です。変わっているけど……とても……あなたに似合っています。瞳の色とも」

少女は透き通った瞳でリーを見つめる。

「ありがとう。わたくしも気に入っているの」

そう言ってからリーはドレスをつまんでひらりと回って見せた。

「回るともっと素敵でしょう？　仕立屋さんにね、何度も何度も回らされながら作ったの。でもびちょびちょだと、なんだか散水機みたいね」

厚ぼったい布が吸い込んだ水を弾き飛ばしながら、リーはいたずらっ子のように笑う。

それからしばらく暖炉の前にいたものの、ドレスは一向に乾かなかった。結局リーは、濡れたままでは風邪をひいてしまうからと少女が手配してくれたドレスに着替えて応接室に向かう。

そこにはすでにローザからの伝言を受けた旦那様が待ち構えていて、リーが部屋に入るなりガタンと音をたてて立ち上がった。

「私のレティーシア！　すまない。私が傍を離れた間に……！　頭を打ったと聞いたが……いったいそのドレスは……」

ローザのドレスではリーの体に合わなかったため、ローザの亡くなった母親が生前に着ていたドレスをまとっていたのだ。現在の流行からは幾分外れるが、薄いオーガンジーに包まれ、豊かな髪をふわりと下ろしたリーはまばゆいほどに輝いている。

「きれいだ……」

そのたった一言には、朝日のようだとかエメラルドのような瞳だとか、旦那様がこれまで奥様に注いできたどの賛辞もかすむほどの情感がにじんでいた。

「ありがとうございます」

リーは、はにかんで微笑む。

「ちょっと失敗をしてしまってローザ様に助けていただいたんです。ごめんなさい。

待っていると言ったのに」

「いいや。構わないよ。君が無事でよかった。頭を打ったと聞いて動転したよ」

「ほんの少しこぶができただけです」

「それなら大丈夫だね。家に帰ったらよく冷やしておこう」

「ええ。そうですね」

そんな旦那様とリーを交互に見ながらローザは楽しそうに笑った。

「素敵な旦那様ですね」

耳元でそっと囁(ささや)かれたリーは何かひらめいたらしく、瞳を輝かせる。

そこへ、重厚な扉を両手で押し開け伯爵が入ってきた。すでに六十は超えているだろうか。髪はすっかり白く、顔には深い皺(しわ)が刻まれている。

「シルヴァスタイン殿。奥方様」

「伯爵。今夜はお招きいただきありがとうございます。妻がご面倒をおかけしました」

「いやいや、なんのこれしき。大事に至らずよかった。孫が驚かせてしまったようで」

豪快に笑った伯爵はローザに優しく声をかけた。

「ローザ。次で最後の曲だが……お客様のためにも、最後の一曲くらい踊ってみないかな」

その言葉に、ローザの隣に立っていたリーは確信を得たように破顔する。伯爵の言葉は先ほどのリーの思いつきを後押しするものだったのだ。

「ねぇ、ローザ様。だん……ジュールと踊ってみない？　とってもリードがお上手なのよ！」

ダンス初心者のリーを上手くリードできるくらいだから、旦那様のダンスの腕前は、折り紙つきである。リーの提案にデビュッタント以降一度もダンスをしていないと言っていたローザは顔を真っ赤にして後ずさった。

「……そんな……私など……」

「ローザ嬢。私でよければ、ぜひ踊っていただけませんか？」

旦那様はすぐににっこりと微笑み、右手を差し出した。真っ赤な顔のまま前髪越しに旦那様を見上げていた少女はちらりとリーに視線を投げ、その顔に浮かんだ楽しげな笑みを見つめた。それから覚悟を決めてゆっくりと頷き、旦那様のほうにおずおずと手を伸ばした。

「……よろしく……お願いします。あの……私その……あまり上手に踊れるかわかりませんが……」

「はじめからうまく踊れる人などいませんよ。皆、経験を積むうちに上手になるのです」

旦那様が小さな手を取り、歩き出す。

「あの……でも……奥様は？」

振り返ったローザはリーを気遣うように言った。

「シルヴァスタイン夫人のお相手は、私に務めさせていただけますかな？」

今度は伯爵がリーに右手を差し出した。年齢を重ね、皺の入った大きな手。

「あなたのそのドレス……娘が戻ってきたようだ」

伯爵は懐かしげな表情で一度強く目を閉じ、それからゆっくりと開いた。

その目をまっすぐに見つめ返し、リーは頷いて伯爵の手に自分の手を重ねる。

旦那様はその姿を見ても顔色を変えることはなく、穏やかな光を灯した瞳で誇らしげにリーを見つめた。

こうして二組のペアが応接室を出てゆっくりと階段を下りてダンスホールに現れると、人々はざわめきとともに大きな空間をあけて迎え入れた。

華やかな場にほとんど姿を現さない内気な伯爵令孫。

息子夫婦を失って以来すっかり老け込んだと評判だった伯爵が力強く歩くさま。

不仲が囁かれて久しいはずのシルヴァスタイン夫妻が甘く視線を交わす姿。

そして何より、いつの間にか装いをすっかり変えたシルヴァスタイン夫人。

リーの登場は人々を大いに驚かせたが、それでもこの瞬間には到底敵わなかった。貫禄にあふれた矍鑠（かくしゃく）たる老人に体を預けてしとやかに舞う姿は、屋敷中に咲き誇る花もかすむほどに美しい。ダンスホール中の光が彼女に降り注いでいるかのように、リーは輝いていた。

「籠の中の鳥、か」

帰りの馬車の中、疲れて眠りこけたリーを見つめながら旦那様は小さくそうこぼした。

「あのときの小鳥みたいに、君は飛びたつときを待っていたのか」

旦那様の視線がリーの座席の隣に置かれた黄色いドレスをたどる。先に向かって大きく広がったその袖口は、たしかに鳥の翼のようにも見えた。

「今夜の君は今までのどんな瞬間よりも輝いていた。彼が……スタイルズが街を出て行ってから、君はすっかり変わった。彼への失恋が君を変えたのか。飛びたつはずだったその大空を失って」

旦那様は唇をぎゅっと噛（か）みしめた。

「それでも君の心が手に入るなら、私はちっとも構わないのだ」

6　二つの手紙

　その日リーは朝から部屋に閉じこもっていた。

　理由は二日前から続くひどい腹痛のせい。

　もっともそれは旦那様除けにとトマが取りつくろった仮病にすぎず、実際のところリーはぴんぴんしている。だから、ちょっとだけ不満そうだった。

「旦那様と一緒にごはん食べるの、楽しいのに」

　そう言ってぶーたれながらベッドの中で大きく伸びをする。

「仕方ありませんよ。今の旦那様は危険度が最高潮ですから」

　トマは大きなため息をこぼした。

　夜会の日以来、旦那様は今まで以上に奥様に情熱的に愛を囁くようになっていたのだ。

　トマはそれを「ドレス選びだとか夜会だとか、なんだかんだとほかの人が絡んでくる行事が重なって抑圧されていた分が出ているのでしょう」と分析していた。さすがの旦那様も人前では偏愛ぶりを出さないように気をつけているらしく、普段よりおとなしくなるからだ。

　トマの分析が当たっているかどうかはともかくとして、奥様が頭痛と聞けば領内全域からありとあらゆる頭痛薬を取り寄せ、腹痛と聞けば薬と合わせてお腹に優しそうな食べ物を大量に注文してみたりと、常軌を逸した献身ぶりに拍車がかかったのはたしかである。

　おまけに見舞いと称して忙しい仕事の合間を縫って奥様の部屋を訪れ、花束だなんだと貢ぎ物を渡しながら「愛しいレティーシア！　君の苦しみを私が代わりに受けてあげられたなら！」とかなんとか暑苦しい言葉を降らせる。リーはその度にベッドに入って具合の悪そうな弱々しい笑顔を貼りつけなければならず、すっかり閉口していた。

　旦那様が持ってくる薬の中には木の根っこだとか乾燥きのこなんかも含まれていて、「赤龍のひげ」やら「妖精の巣」やら大層な名前がつけられている。しかし、それらを見るたびにリーは「あっこれかじったことあるよ」とか「便秘きのこだ！」とか言ってトマを驚かせた。

　巷で薬として流通している怪しげな植物たちも、リーにとっては腹を満たすための食事である。

「それにしても、あたしお腹なんか壊さないのに」

なんたって草を食べて生きていた少女だから、腹は強靭なのだろう。

「二日もおかゆばっかりなんてさ。こないだまでは頭痛って言ったせいで変な味のスムージー飲まされてたし」と口をとがらせたリーのもとに、嬉しい知らせがもたらされた。

「奥様、伯爵家のローザ様からお手紙ですよ」

部屋の入口まで手紙を持って来てくれたミルドレッドからそれを受け取ったトマが、手に持った紙をひらひらとはためかせる。

リーは途端に晴れやかな顔になり、ぴょんとベッドの上に正座した。

「えっ？　ほんとに？」

夜会での出来事を聞いていたトマは、にこやかに手紙をリーに渡す。もっとも、説明したのはリーだから、トマが聞いたのは「ローザ様と友達になってね！　伯爵様とダンスしたの！　ローザ様は旦那様と踊ったんだよ！　きれいだった！」というたったの四文にすぎなかった。なぜ出かけたときと違うドレスで帰って来たのかとか、なぜ夜会の帰りに伯爵家から大量のお土産を賜ったのかとか、そんなことの説明はすべて旦那様から聞いたのだ。

リーは手紙を受け取り、いそいそと封を切った。

「あーっと……レ……ティーシア……シルヴァ……ああ、名前ね。ふんふん。えーせんじつ……の……や……かい……では？」

懸命に文字を追いながら読みあげるが、あまりにも途切れるので意味をつかめず、トマは前のめりに椅子から転げそうになる。

「そんで……ええっとこれは……たいへん？　お……お……だぁっ」

リーは大声を上げてベッドに転がると、にょきっと腕を伸ばしてトマに手紙を差し出す。

「トマさん、読んでよぅ」

トマはそんなリーの様子に小さくため息をついた。だがその頬は心なしか緩んでいる。

「しかたありませんね。今日だけですよ？　早く文字を覚えるには日ごろから使うのが一番なのですからね」

なんだかんだ言いつつリーには甘いトマである。

「レティーシア・シルヴァスタイン様……」

トマはゆっくりと口に出して手紙を読みはじめた。

先日の夜会では大変お世話になり、ありがとうございました。

内気な私がこれまでほとんどお話ししたこともなかった奥様とあのような楽しい時間を過ごせたのは、ひとえに奥様の楽しいお人柄によるものです。

私が初対面の方と楽しくお話ししていたばかりか声を上げて笑っていたものですから祖父は大変驚き、そして喜んでおりました。

最後にシルヴァスタイン様と踊らせていただいたダンスも、まるで夢のようでした。祖父にとっても奥様とのダンスは本当に幸福なひとときであったらしく、母が戻ってきたようだったと、あれから何度も何度も振り返り、生き生きとして少し若返ったようにみえるほどです。

物陰にずっと隠れていては決して経験できなかったあの夜を経て、また、奥様の素敵なお話を思い出しながら、これからは私も少しずつ変わっていかなければ、と思っております。

このようなきっかけを与えてくださった奥様には感謝の言葉もありませんが、せめてもの気持ちにお花をお贈りすることにいたしました。奥様はお花がお好きなようでしたから。

本当に本当に、ありがとうございました。

シルヴァスタイン様にもどうかよろしくお伝えください。

　またお会いできます日を楽しみにしております。

　寒い日が続きますが、どうかご自愛くださいませ。

ローザ

「……奥様、ローザ様と随分親しくなられたのですね」

　リーはうんうんと頷いた。

「可愛くてすごくいい子だったもん！」

「この、『素敵なお話』というのは？」

「さぁ？」

　リーは首をひねる。本当になんのことを指しているかわからないらしい。

　そんなリーの反応にも慣れたトマは気にとめるでもなく、「何はともあれ、お返事を書かなくてはなりませんね」と言った。

「えっ返事？」

「そうですよ。お手紙をいただいたらお返事を書くのがマナーです」

「あたしのへたくそな字で？」

「……そう……ですね……私が代筆するしかないでしょうね……」

リーは懸命に文字を覚えているところだが、奥様の筆跡をマネるどころか、まだミミズが這ったような文字しか書けない。おまけにしょっちゅうインクをこぼすので、リーが文字を練習した紙は大抵ダルメシアンのような斑模様ができて、トマを気持ち悪がらせた。

また仕事が増えたのですね……やれやれ、とトマは文机に向かい、ペンをインクに浸して紙の上を走らせる。トマの整った文字で綴られた手紙はすぐに侍女を通じて伯爵邸に届けられることになり、リーは先ほどまでのつまらなそうな態度が嘘だったかのようにご機嫌になった。

それから一刻ほど。

トマの作ってくれた文字の表と格闘しながら本を読んでいたリーは、ふと顔をあげた先にあるトマの表情を見て眉をひそめた。

「トマさん、どうしたの？」

トマの顔はいつもより青白かった。

「もしかして具合悪い？」

鈍感を絵にかいたようなリーが気づくぐらいだから、相当青い。

トマは一瞬顔を上げ、すぐに手元に視線を落とした。

「いいえ。いつも通りです」

「でも、顔の色がいつもと違うよ？　カブみたいな色してる。何かあったの？」

顔色が悪いと言いたいらしい。

「いいえ、大丈夫です」

「それ、あたしが言う『大丈夫』と同じだよ」

自分が口にする「大丈夫」が大嘘だという自覚はあったのか。

トマは諦めたように浅くため息をついた。

そして手に持った紙切れを掲げて見せる。

「……実は、私の実家からも手紙が」

「実家？」

「ええ。ここよりずっと北です。私が生まれ育った場所ですよ」

「それで？」

「……母が寝込んでいると」

「ええ!?　大丈夫なの？　トマさんのお母さんってことはもう結構なおばあさんでしょう？」

トマは妙齢（みょうれい）と中年の間くらいの年齢で、髪に少し白いものが交ざってきている。だから、リーの言うとおり、トマのお母さんならば「おばあさん」だ。

かなり失礼な物言いだが、リーには失礼な自覚がない。

「ええ……その……」

「看病に行ってあげたら？」

トマは即座に首を横に振った。

「奥様をここにひとり残していくわけにはまいりませんから」

「平気だよ！　お屋敷にはたくさん人がいるもん。ひとりじゃないよ？」

トマはそういうことを言っているのではない。事情を知り、かつフォローに入れる唯一の人間ということだ。

「あたしは大丈夫だよ。なんとかなるって。トマさん、あたしお母さんいたことないからさぁ、お母さんの大切さとかよくわかんないの。でもトマさん悲しそうだよ？　お母さんに会いたいんでしょう？　会いに行ってあげなよ！　あたしならひとりでもなんとかなるよ！　なるべくひとりでおとなしくするし！　トマさんが帰ってくるまでにちゃんと文字覚えとくし！　もしかしたらさ、書けるようになっちゃってるかもよ？　きれいな字！　だから、大丈夫！」

さっき「あたしが言う『大丈夫』と同じだよ？」とか言っておきながらここでも「あたしは大丈夫だよ」と言うところが、やっぱりリーである。

リーが身を乗り出して真剣に紡いだ言葉はトマの心に響いた。トマは一瞬瞳を揺らす。

だが、すぐにゆっくりと深い息を吐いた。

「いいえ奥様。私には仕事がありますから」

その後リーがなんと言おうとトマは頑として首を縦に振ろうとしなかった。リーは押してダメなら引いてみろ作戦で「トマ！　これは命令ですよ！」なぞと叫びもしたし、「わたくしのお願いが聞けないというのですか……」と床に倒れ込んでみもしたが、トマはただただ首を横に振るばかりだ。

「いいよ！　じゃあ、旦那様にお願いするから！」

リーが半ばいじけて言うと、トマは、

「旦那様は最近とてもお忙しくて今日のお帰りも遅くなるそうですし、しばらくは朝食を奥様とご一緒できないだろうとのことです。ですから、奥様が起きておられる時間に旦那様はお屋敷にはいらっしゃいませんよ」

と静かに返答した。

そして夜になるといつも通り窓の鍵が掛かっていることを確認して「おやすみなさい、

奥様」と言い残し、部屋の灯りを消して扉に鍵をかけ、出て行ってしまう。

真っ暗な部屋にひとり残されたリーは寝台に潜り込み、毛布を頭までかぶってしばらく唸り声を上げていた。

リーなりに何やら考えているのだ。

そうやって半刻ほど毛布にくるまれたまま寝台の上をごろごろと転がっていたリーは、

「ああっ」と叫び声を上げると、突然寝台から飛び上がった。

そして、カーテンの隙間から差し込む月の薄明かりを頼りに窓に駆け寄る。

「こっちは内側から開くんだった！」

そう言いながら窓をぐいっと横に押し開けた。部屋の扉は外からも内からも鍵がなければ開かない仕組みになっていて、その鍵は今トマの手にある。リーが部屋を出る方法といえば、扉をぶち破るか窓から出るかしかないのだ。

「うわっ」

吹き込んできた夜風にぶるっと体を震わせ、リーは慌てて窓から離れた。風に煽られたリーの髪の毛がぶわりと広がり、ベッドの天蓋のカーテンが音をたててはためく。

「さむっ」

真冬の夜である。薄っぺらい夜着一枚では凍えてしまう。

リーは夜着をさっさと脱ぎ捨ててワードローブからブラウスとカーディガンと丈の短い外套を取り出し、着込んだ。そしてタイツを履き、その上からスカートの下に穿くズボンのような形の下穿きを三枚重ねて穿いて、もこもこになった足で屈伸をした。縁に毛皮のついた外套のフードがほわほわと暖かそうにリーの顔を包み込んでいる。

「これで大丈夫かな」

防寒対策と準備体操をして、窓からどこかへ出かけるつもりらしい。

リーは窓から静かに外に出て、じっと闇に目を凝らした。

「たしかあの辺……一つ、二つ、三つ……あの三つめの窓……あ、違うかな、あっちの灯りがついてる部屋かな、きっと。トマさんだって旦那様の言うことにはきっと逆らえないもん」

そんなことを呟きながらバルコニーをすたすたと歩き、端まで来ると手すりにひょいと足をかけてよじ上る。

どうやら、旦那様が以前リーの部屋に忍び込んだときと同じようにバルコニー伝いに旦那様の部屋に押しかけようとしているようだ。

夜中に旦那様の部屋に行くなんて。トマがいったい誰のために腹痛やら頭痛やらという理由を持ち出して旦那様を遠ざけているのか、この娘は全くもってわかっていない。

そのころ旦那様は、揺れる馬車の中で眠い目をこすりながら書類と睨めっこしていた。

窓枠についた肘がときおり滑り落ち、その度に顎をぶつけそうになりながらなんとか意識を持ち直す。昨晩も執務に追われてほとんど眠れず、今日は朝から出かけてようやくの帰途とあり、目の下にはうっすらと隈が浮かんでいる。

「旦那様、もうすぐですよ」

御者の声に、旦那様は窓の外に目をやった。

「こんな時間だからレティーシアはもう眠っているだろうな。今日は一度も顔を見られなかった」

そう言って奥様の部屋を見つめた。すでに部屋の灯りは消えている。

「ん？」

旦那様は目を瞬いた。

そして窓枠にかじりつき、暗闇に目を凝らす。

「おい！　ちょっと、馬車をとめてくれ！」

屋敷の正面玄関までもうほんの少しだというのに、突然の命令に御者は驚きつつ馬車をとめた。

旦那様はドアを蹴り開けて飛び出し、馬車に取りつけてあった角灯を取り外すと、それを持ってお屋敷に駆け寄る。植え込みの低木をなぎ倒しながらまっすぐに向かった先は奥様の部屋の窓の真下だ。

「誰だ！」と鋭く叫びながら灯りを頭上に高く掲げた旦那様は、続いて悲鳴にも似た声を上げた。

「レティーシア！　君はいったいそこで何を……！」

旦那様の視線の先には、角灯のほのかな明かりに照らしだされた奥様の姿がある。

伸びきった両の手でバルコニーの柵にしがみつき、なんとか落ちまいと必死に耐えていた。

見るからに異常事態である。

「……ぶ、ぶら下がっています、旦那様」

リーは切れ切れに答えた。

そんなことは見ればわかる。

なぜそこにぶら下がっているのかと聞いているのである。

だがリーにはそれ以上答える余裕はない。今にも力尽きそうにぶるりと一度、身を震わせた。

それからの旦那様の行動は素早かった。

角灯(ランタン)を地面に置き、外す時間も惜しいというようにボタンを引きちぎりながら外套(がいとう)と上着を一緒くたに脱ぎ捨てる。少し助走をつけて壁を二、三歩駆け上がり、石壁のわずかなでっぱりにしがみついて腕の力だけで体を持ち上げ、リーがぶら下がっている場所のすぐ下の階のバルコニーに飛び移る。そして手すりに立ち上がると、器用にバランスを取りながらリーの細い体にぐっと腕を回した。

「いいかい、ゆっくり手を離して」

旦那様の声にしたがってリーはゆっくりと手を離し、ぐらりと傾(かし)いだ体を支えるために旦那様の首にすがりついた。

旦那様は安堵(あんど)し何度か優しくその背を撫(な)でたあと、リーを抱(かか)えたままひょいとバルコニーに降り立ち、そこから御者(ぎょしゃ)に「すまないがアルフレッドに事情を話してくれ」と言った。

御者が言葉を失ったままぶんぶんと頷(うなず)くのを見届けると、旦那様はなんの躊躇(ちゅうちょ)もなく肘(ひじ)で窓をぶちやぶって奥様とともに暗い部屋の中へ姿を消す。

あっけにとられた御者は空っぽの馬車を連れて屋敷の正面玄関に向かい、旦那様を出迎えるために待機していたアルフレッドを大いに驚かせたのであった。

旦那様はリーを抱きかかえたまま大股で部屋を横切って廊下に出る。リーが使っている奥様の部屋の真下に位置するその部屋は、普段は客間として使われていた。

リーはというと、旦那様の首に腕を回してしがみつき、唇を真っ青にしてガタガタと震えている。

旦那様は足早に廊下を抜け、自分の部屋に入ってようやく息をつき、リーをそっと床に下ろした。アルフレッドが旦那様の帰りに合わせて用意していたのだろう。暖炉には薪が燃え、暖かな空気が二人を迎え入れた。

旦那様はリーの背に手を当て、優しく暖炉の前に誘導する。

「体が冷え切っているよ。おいで」

リーは珍しく黙ったまま暖炉に寄り、火に手をかざして暖をとろうとしたが、体はまだ小刻みに震え、唇の色も紫色だった。

「それでいったい、どうしたんだい？　君はどうしてあそこに？」

リーは旦那様をまっすぐに見据えた。

「トッ、マに暇をやってってくだ、さい！」

歯をガチガチと鳴らしながら、リーは切れ切れに言った。

その言葉に旦那様は驚き、立ち尽くす。

「なんだって？」

「トマに暇を！」

旦那様は目を瞬いた。

「……暇を？　……トマとはその……仲よくやっているとばかり思っていたが……辞めさせるとなると代わりを見つけなければならないし、すぐにというわけには……いったい何があったんだい？」

リーはぶんぶんと首を横に振った。

「あの、そうではなくて、辞めさせるのではなくて、休みをあげてください！」

「……どういうことかな？」

旦那様は訝しげに言う。

住み込みの使用人であるトマには、毎日数時間の休憩はあるが休日が定められているわけではない。本人が希望し屋敷の主人が許可すれば休日がもらえるという仕組みになっている。

「トマを実家に！」

旦那様は椅子を二脚暖炉の傍に移動させると、リーを座らせて自分もその横に腰かけた。そしてリーの背を優しくさすってやる。

「順を追って説明してくれないか」

少し体が温まったのか、リーの顔色は幾分ましになってきた。

「今日トマに手紙が来ました」

「実家から、ということかな？」

リーはこくこくと頷いた。

「トマのお母さまが病気だと……」

「なんと！」

「それなのに、トマはわたくしのことが心配だから見舞いにも行かないと言って聞かないのです。それで、旦那様から言ってくだされば聞くのではと……」

「そうか」

旦那様は緑の瞳に魅入られるように頷いて、ほんの少しだけ口角を上げる。

「わかった。大丈夫だよ。すぐにアルフレッドを呼ぼう」

旦那様が「アルフレッド！」とやや大きな声を上げると、執事は扉の前に張りついていたのではないかというほどすぐにやって来た。

「お呼びですか？　お迎えに出たら馬車は空っぽだし、御者の話は要領を得ないし、随分驚かされましたよ。おや、奥様もいらしていたのですか。これはまた、おもしろい服を着ておいでですね」

アルフレッドはほとんど息継ぎをすることなく流れるように言う。

丈の短い外套に下穿き三枚重ねのリーの姿はたしかに滑稽だった。むしろこの姿を見ても驚かなかった旦那様のセンスが心配だ。

「アルフレッド……」

旦那様の咎める声にアルフレッドは肩をすくめた。

「夜遅くに呼び出してすまないが、トマが実家に帰ることになった」

「それはまた……奥様のお世話が嫌になったのですか？」

恐ろしいことを、アルフレッドは平然と言う。

旦那様はため息交じりに首を振った。

「いや、違う。トマのお母さんの具合が悪いらしい。だが頑として実家に帰ろうとしないので、無理やり休暇を取らせて実家に送り返すことにした。馬車と必要なものの手配と、休暇の世話なんかを頼めるか」

「かしこまりました。明日の朝一番に出かけられるように手配をしましょう」

「それと、客間の窓を割ってしまった」

「また、でございますか」

「今回は仕方なかったんだよ」

前回はあまり仕方なくなかったということは一応わかっているようだ。

「明日業者を呼んで直させます。ところで？　奥様はお腹でも空いておられるのですかな？」

リーが自分の中指をぱくりとくわえているのを見てアルフレッドが目を細めた。

「手すりから滑ったときにどこかにひっかけて切ってしまったみたいで」

リーが指をくわえたままモゴモゴと言うと、旦那様が椅子から跳ね上がった。

「なんだって!?　見せてごらん！」

旦那様は慌ててリーの手を取る。こんな勢いで手を取ったら、違う意味で手が取れてしまいそうだ。

「かすり傷ですから、舐めておけば治りますよ」

リーはケロッと言ったが、旦那様はすぐにズンズンと歩いて部屋の隅にある戸棚を開け、木箱を取り出した。

「小さな傷でもきちんと手当てをしなければ！　痕が残ったりしては大変だよ！」

有無を言わさず手当てをはじめた。旦那様の普段の感じだと消毒液をまき散らして包帯を転がしたりしそうなものだが、なかなかどうして手際よく無駄のない動きで消毒をしている。

「ところで手すりから滑ったというのはどういう状況なのですかな？」

リーがぶら下がっていたところを見ていないアルフレッドは事情が全くつかめておらず、冷静なツッコミを入れる。

「ああ、そういえば。君はなぜあそこにぶら下がっていたんだい？」

アルフレッドは眉を上げた。ぶら下がっていた？　奥様が？　と小さな声で呟き、唇の片方を少し持ち上げてリーの言葉を待つ。

「旦那様に会いたかったのですが部屋の鍵が締まっていて扉から出られなかったので窓から……手すりによじ上ったところで足を滑らせてしまって……その、手すりが凍っていたようで……」

「……明日の朝にすればよろしかったのでは？」

「トマが傍にいたら止められてしまいそうだし、旦那様はお忙しいからいつお会いできるか……」

腹痛を装って部屋に閉じこもっているかぎり自由に歩き回ることはできないし、トマ抜きで旦那様と話す機会なんてないだろう。

「……それに、トマの悲しそうな顔を思い出したらいてもたってもいられなくて」

こちらは紛うかたなき真実である。ベッドの上でごろんごろんしていたのをそう表現できるとすれば、だが。

「ところで奥様……お腹のほうは、もうよろしいので？」

ひねた笑いを浮かべた腹黒執事の言葉に、リーはあっと小さな声を上げた。

一瞬瞳を泳がせたが、今さら腹を押さえたりするのもわざとらしいと悟り、「ええ、まぁ、少しよくなって今は痛みが治まっているわ」と答えてツンと顎を上げる。

「そうでしたか。それはよかった」

アルフレッドが一応納得したのでリーはほっと胸をなでおろしたが、すぐにまたはっとした。

「あの、旦那様？」

指の手当てをしてくれている旦那様を不安げに見上げる。

「なんだい、レティーシア」

「あの……このことは、トマに内緒にしていただけますか？　その……叱られてしまいますから……」

腹痛だからと臥せっていたのに、夜中に旦那様の部屋に自ら行こうとした挙句、失敗して窓の外にぶら下がっているところを旦那様に救出されたなんて、トマが聞いたら憤死ものである。

リーの保身に走りまくったお願いも旦那様にかかれば「なんと！　トマを実家に帰してやろうとして自らが危険な目に遭ったにもかかわらず、心配をかけたくないからトマには黙っていろと言うのか！　なんて清らかなんだ！」ということになる。まぁそれはそれで都合のいい勘違いなのでリーはこくりと頷く。

「旦那様、差し出がましいことを申し上げますが」

盛り上がっている旦那様のピンクオーラに水を差すようにアルフレッドが静かに言った。

「見たところ、今旦那様が包帯を巻いておられるのは人差し指で……奥様のお怪我は中指では？」

リーにすっかり魅入られていた旦那様は包帯を巻く指を間違っていた。

「ああ、本当だ。レティーシアがあまりにも清らかなのですっかり心を奪われてしまった」

慌てて人差し指の包帯を取り、中指に巻きなおしていく。

間違えた旦那様もすごいが、自分の指なのに気づかないリーもなかなかの強者である。

「旦那様は手当てがお上手ですね」

リーはおとなしく手を差し出したまま言った。

褒められたのが嬉しかったのか、旦那様は顔を幾分赤らめながら答えた。

「若いころは軍隊にいたからね。傷の手当ては基本中の基本だよ」

なるほど、奥様の部屋に忍び込んだ夜といい今日の救出劇といい只者でない行動ばかりだったが、軍人として訓練を受けていたのなら合点がいく。

リーが驚いた顔をしたので旦那様は話を続けた。

「話したことはなかったかな？　この屋敷を継ぐ前は、軍隊にいたんだよ。長兄と次兄が相次いで亡くなって、そのあとに父が逝ってしまったので私がここの領主になったが、そうでなければ今もきっと軍にいたと思う」

「そうでしたか」

「うん。ほら、できた」

旦那様は満足げに笑い、「痛みはないかな？」と軽く問う。

リーはこくりと頷いてから包帯の巻かれた指をじっと見つめ、これまた嬉しそうににっこりと笑った。

「ありがとうございます！」

「お安い御用だよ」

旦那様の頬にも幽かな赤みが差し、瞳は幸せそうに輝いている。

二人を見ながらアルフレッドは思わずといったように呟いた。

「しかしなんというか……似た者同士ですなぁ……」

たしかに、バルコニー伝いにお互いの部屋に忍び込もうとするあたり、奇想天外さはいい勝負である。

「うふふ」

「ははは」

なぜか嬉しげな返事を二つ同時に受け取って、アルフレッドは眉を押し上げた。褒めたつもりはなかったが、満面の笑みを浮かべた二人組にそれを言うことなく、少し肩をすくめただけで、すぐに執事の顔に戻った。

「私はさっそく用意にかかります。トマには知らせますか？」

「いや、トマは朝まではゆっくり寝かせてやろう。明日は忙しくなるだろうし。こちらで手はずを整えておけば身の回りの準備くらいで出かけられるだろう」

「わかりました。それでは私はこれで。女中のマリアンヌをここへ寄越しますので」

「ここへ女中を？　なぜだい？」

「奥様がひどく冷えておられるからですよ。ただでさえ今日は腹痛で臥せっておられたのですから、お風邪を召されては大変です。就寝前に風呂に入られたほうがいいでしょう」

皮肉屋だが気の利く執事である。

「ああ、すまないアルフレッド」

「いいえ。それでは失礼します」

一礼するとアルフレッドは颯爽と去って行った。

その夜リーは、この屋敷へ来てはじめて奥様の部屋以外の場所で眠りについた。

リーがマリアンヌに世話をしてもらって風呂からあがると、旦那様はすでに寝台の上で寝息をたてていた。遠慮がちに布団をめくってその中にもぐりこみ、リーは旦那様の顔をじっと覗きこんだ。そして眠っていてもなお目の下にくっきりと残る隈を見つめ、そこをそっと人差し指で撫でた。人差し指の隣には、包帯の巻かれた中指が誇らしげに寄り添っている。

リーが自ら旦那様に触れるのははじめてのことだった。

もともと夫婦の寝室として用意された大きな部屋の真ん中で、その口に小さな笑みを宿して。

翌朝目覚めた旦那様が自分の背中に貼りついて眠っている奥様の姿を見つけ、大混乱の末にベッドから転げ落ちた様(さま)は、元軍人とは到底思えなかった。

7　奥様の日常

ぽかぽかと日が差し込む中、リーは気持ちよさそうに眠っていた。

大きなベッドの上、ふかふかの羽根布団に肩まですっぽりとくるまれ、浮かべた表情は笑っているように見える。

隣の部屋でバタンと突然大きな音がしたときも、リーはぴくりとも動かなかった。

「旦那様っ！」

リーが眠っている寝室の隣、旦那様の執務室に大きな声が響き渡った。

先ほどの物音の正体は、トマが執務室に飛び込んだ音だ。

トマの大声に答えたのはアルフレッドの静かな声だった。

「旦那様は朝早くにお出かけになったよ。君に『気をつけて行っておいで。お母さんによろしく』と伝えてくれと」

アルフレッドはいつもの通りぴっちりとアスコットタイをつけ、滑るようにトマの前に姿を現した。

「これはどういうことですか？　私は追い出されるのですか！」

トマは紙をくしゃくしゃに握りしめ、その手を掲げてまくしたてるように続けた。

「そうではない。休暇だ」

返すアルフレッドの言葉は低く穏やかだ。

「でも、期間も何も書かれておりません！」

トマは戸惑いを隠さずに、身振り手振りを加えて強い口調で言う。

「お母さんの具合がよくなるまでゆっくりして来るようにと旦那様が」

アルフレッドの言葉を聞いて、トマは彫像のように動きを止めた。

「なぜ……なぜ、旦那様が母のことをご存じなのですか」

「詳しいことは知らない。私が旦那様に呼ばれたときにはすでに君の休暇は決定事項だった。私は準備を整えただけだ。馬車を玄関に呼んであるし、旅に必要な荷物はすでに積み込んである。あとは君が乗るだけだ。そのメモにもそう書いておいたはずだが」

くしゃくしゃにされた紙はアルフレッドが書いたメモだった。

トマは眉根を寄せたままアルフレッドをぐっと見つめて首を振った。

「私は行くわけにはいきません！　奥様をここに残してなど……！」

アルフレッドはため息をついた。

「もう少し声を小さくしてくれないか」

トマは身構えるように顔をちょっと斜めに向け、アルフレッドをつぶさに観察しながら尋ねた。

「なぜさっきからそんなに囁くような声でお話しになるのですか？」

「隣の部屋で奥様が眠っているのでね」

アルフレッドの言葉にトマは目を剥く。

「なんですって？」

そう叫んで隣の部屋へ通じるドアに駆け寄ると、ノブを引き抜きそうな勢いでドアを開けた。

そしてベッドで丸まった小さな姿を認めて、怒鳴る。

「なぜ奥様がこのお部屋で寝ておられるのですか！」

トマはもはや立場も忘れて執事に掴みかからんばかりの勢いで詰め寄るが、アルフレッドは表情を崩さない。

「なぜって、昨日この部屋で眠りについたからだろう」

トマの大きな声にも、リーは身じろぎ一つしない。

アルフレッドはうっすらと笑みを浮かべたまま「何か問題でも？　君はあそこで眠っ

ている娘を本物の奥様だと強硬に主張しているな？　旦那様と奥様が共寝をするのがいけないかな？」と平然と言い、トマは一言も反論できず、ぷるぷると震えた。

アルフレッドはそんなトマの反応を楽しそうに見つめ、すぐに「女中のマリアンヌに頼んで旦那様の飲み物に軽い導眠剤を入れておいたんだよ。だから旦那様は朝までぐっすりお眠りになったはずだ。安心したまえ」と続けた。

なんと腹黒はついに主人に薬を盛るまでになったのかとトマが再び打ち震えていると、

「何を勘違いしているか知らないが。旦那様はこのところ寝つけないといってほとんど眠らずに仕事をなさっていたんだ。だからよく眠れるようにと思っただけだよ」とアルフレッドは鼻で笑った。

そしてすっと真顔に戻る。

「なぜ奥様がここにいらっしゃるか、君だって推測できないわけじゃないだろう？　君の休暇を許可してくれと旦那様に頼んだのが誰なのか」

「……でも、どうやって……？」

鍵を締めたはずなのに、とトマは小さく呟（つぶや）いた。

「さぁな。だが、ご厚意を無にしなくてもいいんじゃないか。君が不在の間、あの奥様もどきのことなら心配しなくていい」

　そう言ってアルフレッドはベッドで眠るリーに視線を投げた。

「……どういうことですか？」

「言葉通りの意味だ。頭痛に腹痛、月のもの……どうせ旦那様への言いわけもそろそろ尽きたころだろう。だが、私ならなんとでも誤魔化せる。もちろん毎日導眠剤など使わないからそれも心配しなくていい」

「……なぜ協力を？」

　トマは訝しそうに目を細めた。

「言っただろう？　どこの馬の骨ともわからない……」

「その割に、随分と優しい目であの子を見るのですね」

　トマの言葉に、リーを見つめていたアルフレッドが視線を戻す。

「君に言われたくないな。君はいったい誰のためにこのバカげた芝居を続けているんだ」

　静かな視線に貫かれて、トマは瞬きを繰り返した。

「奥様のために」

「その『奥様』が誰を指しているか、私にはわからないよ」

「私にも……もう、わかりません」

そう言ってトマは深呼吸をした。

「奥様がお目覚めになったら、ありがとうございますとお伝えいただけますか」

「ああ、もちろん。伝えておくよ。実家でゆっくりしてくるといい」

「ありがとうございます」

リーが心配だから行かないと言ったが、心の奥底では母親が心配でたまらなかったのだろう。実家に向かう馬車に乗り込んだトマの表情は少しだけ嬉しそうだった。

トマが実家に戻ってからの最初の三日間、リーは部屋でおとなしく過ごしていた。身の回りの世話はトマの代わりにマリアンヌが請け負ってくれていたが、トマがいなくなった分仕事は増えたはずだ。リーはバタバタと忙しそうな彼女たちを気遣って「必要なときに呼ぶからそれ以外はここにいなくて大丈夫よ」と言っていた。

旦那様の仕事が忙しく朝食もひとりとあって寂しげではあったが、文字の練習をしたり本をぱらぱらとめくってみたりと、それなりに真面目な生活を送っている。トマが帰省前に置いていったメモにしたがって、使用人の名前を呟いてみたりもした。

ときおり「あぁーっ！」と言って伸びをしたり、意味もなくベッドの上でごろんごろん転がったりはするが、いたって穏やかに過ごしていたのだ。

だが、トマがすぐそばで見張っていてお尻を叩いてくれるならともかく、ひとりのときにまでコツコツと勉強をするほどリーは勤勉な性格ではない。四日目にはすっかり飽きてしまい、朝から部屋中を歩き回ったり窓から外を眺めたりしていた。

　その日の昼、アルフレッドが奥様の部屋を覗くとそこにリーの姿はなく、代わりに厨房から軽やかな笑い声が聞こえてきた。

『おや、奥様、お腹でも空いておられるのですかな？』

　厨房の片隅に陣取ったリーがアルフレッドのマネをして冷めた顔で言い、使用人たちが腹を抱えて笑う。

「奥様、ほかにも！　ほかにもマネをしてください！」

　侍女ミルドレッドからのリクエストを受け、リーは得意げに目の前の台の上に置かれたイモを持ち上げた。

『おや？　これは何かな？　イモではないか。私の大好物だよ』

　無表情のくせに片側の口角だけを絶妙な角度で持ち上げて言う。

　アルフレッドがそんなことを言ったことはないから、リーのオリジナルなのだろう。

『いや、しかしよく見ると、これはイモではないかもしれん。トマはどう思う？』

　リーはくるりと振り返り、次に野太い女性の声で言う。

『間違いなくイモでしょうね』

どうやら一人二役らしい。

『やはりそうか……』

リーが片側の眉を執事っぽくひょいと持ち上げたところで、こつんと硬質な音が響いた。

「楽しそうなことをしておいでですね」

背後から冷気とともに聞こえてきた声に、リーは慌ててイモを台に戻してゆっくりと振り返った。

「どこへ行かれたのかと思ったら、こんなところにいらっしゃったのですか」

そこには、まさに無表情のくせに片側の口角だけを絶妙な角度で持ち上げた初老の男が立っていた。

リーは誤魔化(ごまか)すようにへらっと笑う。

しかしまぁそんなの、この執事には通用しないのだ。

「奥様はいったいここで何をしておられるのですかな？」

アルフレッドは表情を一切変えることなく、静かにリーに尋ねた。

「えっとその……ちょっと暇だったのでお手伝いをと……」

「手伝いを？」

アルフレッドは片眉を上げた。

本人は嫌がりそうだが、さっきのリーの表情と恐ろしいほどそっくりである。

そしてその陰険な表情におびえたのは、リーの周囲を取り囲んでいた厨房の人々だった。

「あ、あの、奥様はイモの皮を剥くのが大変にお上手で！」

「ええ、それはもう、すごいスピードで剥かれるんですよ！」

「そうなんです。私たちも教えていただいて……」

「それに、侍女頭がいらっしゃらないのでお手伝いいただいてとても助かっていて……」

使用人たちが口々にリーを擁護するコメントを寄せると、アルフレッドは眉を持ち上げたまま「ほう」と言った。

「イモを剥いているようにはまるで見えませんでしたが……それにしても、奥様がイモの皮剥きを？　それはまた意外な特技ですなぁ。いつそんな技術を身につけられたのですか」

「えっと……その……実家にいるころに？」

嘘をつく後ろめたさからか、語尾が持ち上がって疑問形になっている。

リーに実家と呼べるものはないので、おおかたあのムチ打ち大奥様の屋敷にいたころのことだろう。

「そうでしたか。それは存じ上げませんでした」

「ええっと……皮剥きを手伝ってはいけなかったかしら？」

幾分落ち着きを取り戻したリーが、顎の角度を整えつつ尋ねた。

旦那様には絶大な効力を誇る「いけなかったかしら？」だが、無論この執事にはなんの効き目もない。アルフレッドはゆっくりと小さく首を振った。

「いいえ。もちろんお屋敷で何をされようと自由ですが」

「が？」

「こんなにイモが必要なものか、と思いましてね」

アルフレッドが指した先には。

イモ、イモ、またイモ。そしてイモ。

リーの皮剥き技術に感動した使用人たちが次々とリーに剥かせ、自分たちもその技術を習得しようと隣でマネをしながらひたすら剥き続けた結果、お屋敷にあったイモをほとんど剥ききってしまっていた。その数およそ二百。

「あーっと……」

皮の剥かれたイモの山を前に、一同は言葉を失った。夢中になって数のことなど気にとめていなかったらしい。山の下のほうのイモは空気に触れて黒ずみ、食欲の失せる色合いになっている。

「料理長、今夜の食事に使う予定だったイモの数は?」

間髪いれずに繰り出された執事の追及に、もはやなすすべもなく、皆肩を落とした。

「えーっと……使用人たちの賄い食も合わせて二十個です」

「二十個ねぇ。気のせいかな。それよりもほんの少しだけ多いように見えるが」

その言葉に料理長は頭を垂れた。リーはアルフレッドの視線を遮るように山の前に立ちはだかり、「気のせいです!」ときっぱりと言い切る。リーなりに料理長を庇おうとしているらしいが、どうもその方向を間違っているためなんの効果もない。ただ「奥様が我々を庇おうとなさっている」というその一点が、使用人たちの心を明るく照らしていた。

もちろん、その日の夕食はイモのスープに揚げイモ、焼きイモ、ふかしイモのサラダ、イモの和え物にイモのケーキというイモ好きにはたまらない献立であった。

そして「気のせいだった割には豪華な食卓ですなぁ」という執事の言葉が添えられ、

「ちなみに申し上げますが、私の好物はイモではありませんよ。むしろどちらかというとイモは苦手でしてね。ああ、今日の夕食はもちろんおいしくいただきました。奥様と同じイモづくしの献立でしたがね」という氷点下の声にリーは背中をぶるりと震わせたのだった。


翌日、リーはお屋敷を探検していた。

昨日の失敗でお手伝いには懲りたらしい。

それもそうだろう、アルフレッドの皮肉攻撃は今朝になってもやむところを知らず、その上朝食までイモづくし。食いしん坊のリーですら「もうイモはしばらく見たくない」と呟いたほどだ。

そんなこんなで、「今のあたしはきっと骨までイモでできてるよ」とぶつくさ言いながらお屋敷を歩き回って消化の促進に努めていたリーは、とある部屋にふらりと迷い込んだ。全面の壁に天井まで届く高さの本棚が据えつけられ、数えきれないほどたくさんの本がずらっと並んでいる。

「うわぁっ。すごい」

リーは嬉しそうな声を上げた。

文字を読むのもやっとのリーだから、本がたくさんあることが嬉しいというわけではない。そんなリーでも思わず心が躍り上がってしまうほど、そこは美しい空間だった。

高い天井。

歴史を感じさせる古い書物たち。

ずらりと並ぶ革表紙に、古い紙の匂い。

部屋の中央には本を読むために置かれた座り心地のよさそうなソファがあり、落ち着いた色合いのランプがその横に据えられている。ランプシェードはステンドグラスで、明かりをつければそれはそれは美しく光るのだろうと思われた。

リーは視線を上に向けてぐるりと見渡すように首を動かしながら、とことこと壁際まで歩いて行き、ちょうど目線の高さに収められていた分厚い本をそっと取り出す。

ずっしりと重そうなそれを両手で抱(かか)え、本の上部にたまった埃(ほこり)をふぅっと吹き飛ばした。窓から差し込んだ光に照らされた埃がキラキラと舞って、それを見つめたリーは瞳を輝かせる。

「きれい……」

埃がきれいなんて不思議だが、たしかにそれは神秘的な光景だった。

リーは手元の本に視線を落とし、表紙をじっと見つめた。濃い緑色の革表紙に、金の題字が記されている。

「えーっと……」

リーは記憶をたどるように視線を上に流した。文字の意味を懸命に思い出しているらしい。

「奥様、どうかなさいましたか」

背後から静かな声が響き、リーは本を取り落としそうになりながら振り返った。

そこには、執事の姿。

「きょ、今日はイモでモノマネはしていませんよ！」

リーが身構え、アルフレッドは呆れ顔で頷(うなず)いた。

「図書室にイモはありませんからな」

執事の口元はやはり片側だけわずかに持ち上げられている。

「あの……その……昨日のこと、もし気分を悪くしたならごめんなさい」

リーは機嫌を探るように言った。

モノマネをしていたことを一応反省しているらしい。

「別に根に持ってはいません。イモは好物ではありませんがね。今朝もたくさんいただきましたが、むしろどちらかというとイモは苦手でして」

これで根に持っていないとなると、アルフレッドが本気を出して根に持ちはじめたらどれほど恐ろしいことになるのだろうか。執事界のネチネチ系代表である。

「本当は何が好きなの？」

アルフレッドの皮肉に気づいているのかいないのか、リーは首を傾げながら尋ねた。

まぁこの娘のことだから、どうせ気づいていないのだろう。一瞬「そこなのか？」という表情になった執事だが、次の瞬間に諦めたように鼻で小さく一つ息をついて言った。

「好物は肉です、奥様」

「あら！　そうなの？　わたくしと同じね！　わたくしもお肉が大好きなのよ！」

「そうでしたか」

食堂でいつも肉ばかり頬張っているリーを見ているのだから、リーの肉好きは当然知っていたが、アルフレッドははじめて知ったふうを装って頷いた。

「あの、昨日のこと、本当にごめんなさい！」

リーが突然がばっと頭を下げたので、アルフレッドは面食らい、珍しく慌てた。

「奥様、お顔をお上げください。そんな……」

「今度マネするときは、イモじゃなくてちゃんとお肉を使うから……！」

続いたリーの言葉にアルフレッドは一瞬耳を疑った。ソコジャナイ感が顔からあふれ出ている。もにょもにょと頬を忙しく動かし、やっとのことで無表情に戻って頷く。

「……それはそれは。光栄です」

その言葉にリーは顔を上げ、白い歯を見せて嬉しそうににっこりと笑った。

やれやれ、トマの苦労が少しわかった気がするよと執事は呟き、それから気を取り直し「奥様がこちらにいらっしゃるのは珍しいですね。何かお目当ての本でも？」と問うた。これが一番はじめに聞きたかったことなのだが、いかんせんリーとの会話は予測不能な方向へ進むので、聞きそびれていたらしい。

「ええ、まぁ」

へらりと笑うリーの腕に抱えられた分厚い本に視線をやり、アルフレッドは少し首を傾げて表紙に書かれた題字を読み上げる。

「『農業大全』……？　これはまた、随分と嗜好を変えられましたなぁ」

口元はいつも通りうっすらと笑っているが、瞳には隠しきれない本物の笑みが宿っている。

「ええっと、まぁ、そうね。ちょっと農業に興味が」

偶然手に取っただけだと正直に言えばいいものを、リーは顎の角度を調整しながら優雅にそうのたまった。替え玉として生活するうちに、色んなことをその場しのぎで誤魔化す変な癖がついてしまっている。

「イモ剥きの次はイモの栽培でもなさるのですか。奥様はたしか詩集や恋愛物語を好まれたと思っていましたがね？　ほら、なんといいましたかな。お気に入りはたしか……『恋に囚われた乙女のため息』とかいう題でしたかな。あの赤い背表紙の」

これはまた、随分と鬱陶しそうな題名である。

リーはぽかんと口を開いた。

「え？　コイ？」

魚の？　と小さく口の中で呟く。リーはどうやらかなり生臭い系の乙女を想像したらしい。

その呟きが聞こえたのかどうか定かではないが、執事は涼しい顔で続けた。

「私の記憶違いでなければ嫁入りの際にご実家から持って来られた唯一の本だったと思いましたが？」

「ああっと……そうだったかもしれないわ」

リーはまたテキトーに話を合わせる。

「まぁ人間ですから好みが変わることもありますな」

それにしたって、恋に囚われてため息をついていた乙女が突然イモづくりに精を出すことはまずない。雪と墨というか鷺と烏というか、もう正反対だ。天女がヘルメットをかぶって「発破！」と叫ぶくらいには違和感がある。

だがリーは自信満々に「そう、そうなのよ！」と言って分厚い『農業大全』を持ち上げた。そして言うことには、「最近とってても農業が好きで！」である。

淑女の趣味としては相当に個性的なカテゴリーだ。

「それはそれは。イモの栽培のコツがわかったら是非教えていただきたいものですな」

リーは「ええ、今日から少しずつ読んでみることにするわ！」と力強く言い切った。

退くに退けなくなったらしい。

リーの言う少しずつ、というのは一文字ずつ、という意味である。そもそも農業用語なんて知らないから、文字を読めても意味がわからない可能性すらある。

言い切ったあとでそのことに気づき、リーはげんなりと分厚い本を見つめた。イモのことがどこに書かれているかを見つけるだけで一仕事だ。

「では、その本を奥様のお部屋に運んでおきますよ。奥様がお持ちになるには重いでしょうから」

アルフレッドはリーの腕から本を受け取り、「それでは失礼します」と言って踵を返した。

リーに背を向けた途端、アルフレッドの顔はおかしそうにゆがむ。鼻の穴がわずかにふくらみ、何かに耐えるように口を結んだ。

リーはアルフレッドの背中に「ありがとう」と言ってから、思い出したように声をかけた。

「あ、そうだ！　えーっと……あの、アルフォイ？」

アルフレッドは歩みを止め、信じられないという顔で一度その瞳を瞬いた。

そしてゆっくりと振り返る。

「……フォイ？」

聞き間違いであってほしいという願望のにじんだアルフレッドの言葉を、リーは気の抜けた「ふぉい」という返事だと思ったらしく、全く気にとめることなく先を続けた。

「昨日夜中に馬車の音がして目が覚めたの。窓から覗いたら旦那様がちょうどお帰りになったところだったんだけど、旦那様のお帰りはいつもあんなに遅いの？」

「そうですね」

アルフレッドは軽く唇を噛み、動揺を隠す。

「たまにお休みできないの？　旦那様、すごく疲れていらっしゃるように見えたから」

「お疲れなのはたしかでしょうね。でも、視察先ではたくさんの人が旦那様の訪問を心待ちにしているのです。訪問をとりやめたり日程をずらしたりすれば、その人たちを落胆させることになってしまいますからな。いつもはこれほど過密な日程にはならないのですが、今は遠方の地区を順に回っておられるのでお忙しいのです。普通なら泊まりで行かれる行程を日帰りで組んでいらっしゃるのですから、致し方ない部分も大きいのですが」

「そんなに遠いところへ？」

「ええ」

アルフレッドは頷き(うなず)ながら「ちょっと失礼します」と言ってリーの脇の本棚の足元辺りから大判の本を抜き取った。農業大全の上にその本を重ねるように腕で抱(かか)え、上の本をぱらぱらとめくる。

「これは？」

「領内のあらゆる地域の地図を集めた本です。ああ、これがわかりやすいでしょう」

アルフレッドは地図を指さした。

かなり広域の地図だ。ページの端に『領内全図』と書かれている。

「ここが今私たちのいるお屋敷の位置です。そして、ここが今日の視察先です」

リーはふーんと鼻で返事をしながら地図を眺(なが)め、それからアルフレッドの指の傍(そば)にある文字に目を凝(こ)らした。

「う……う……うみ？」

「ええ。最近は海辺の地域を順に廻っておられますよ」

「海っ？　てあの、水がたくさんあるっていう、あの海？」

、執事が頷いたのを確認して、リーの顔中のすべてが開き切った。目を大きく見開き、鼻をふくらませ、口を開けて大きな声を上げる。奥様らしからぬとかそういう次元を超えて、人間ってこんな顔もできるのかというほどすさまじい喜びが顔に表れている。筋肉と骨格の限界を超えたその様に、アルフレッドも問わずにはいられなかったのだろう。

「海がお好きですか？」

この顔で嫌いとか言われたら驚き桃の木山椒の木である。

「わからない！」

嫌いという返答ではなかったものの、予想外の答えにアルフレッドは眉をぴくりと動かした。

「だって、見たことないの！　旦那様はいいわね！　海に行けて」

「そうですね」

「でも、なぜ旦那様は日帰りに？　随分遠いように見えるけど」

お屋敷のある丘と海辺の町の間にいくつもの市街や平野が描かれている。

「お屋敷に宝物があるので、お傍を離れたくないのでしょう」

アルフレッドはリーの瞳をじっと見つめ返した。

「宝物？」

「ええ。ご自分がお屋敷を離れている間に大切な大切な宝物が失われはしないかと心配でたまらないのですよ」

「じゃあ宝物を視察に持っていけばいいんじゃない？」

「それは考えたこともありませんでした」

「いい考えでしょう？　そうしたら旦那様はあんなにお疲れにならずにすむから」

「ええ。そうかもしれません。旦那様にお伝えしておきましょう」

「少しでも旦那様のお仕事が楽になったら、また一緒にご飯を食べられるかもしれないし」

リーはにこにこと笑った。

その言葉と笑顔に何か思うところでもあったのか、アルフレッドは居心地が悪そうだ。

主人に忠実な執事と、偽物の奥様。出会ったときとなんら構造は変わっていないのに、二人の関係は少しずつ少しずつ変化している。

ややあって小さく鼻から息を吐き出すと、アルフレッドは「それでは私はこれで失礼します」と言って地図を元あった場所にしまった。そして数歩行ったところですっと振り向く。

「アルフ、で構いませんよ」

「え？」

「呼び名です。アルフ、と呼んでいただけませんか」

「いいの？」

「ええ、もちろんです」

「じゃあこれからはそう呼ぶわね」

「ええ、それではごきげんよう、奥様」

アルフレッドは優雅にお辞儀をした。

さすがは優秀な執事である。

アルフォードもアルフォイもアルフレッドも、「アルフ」までは同じ。

これならさすがのリーも呼び間違えることはないだろう。

それなのに、リーは「ええ、ごきげんよう、アルコ」と言ってアルフレッドの度肝(どぎも)を抜いたのだった。

その後お屋敷の探検を心ゆくまで楽しんで奥様の部屋に戻ったリーは、部屋に置かれた少ない蔵書の中から一冊の本を手に取った。

「これかな」

小さな本棚に赤い装丁の本はほかに見当たらないし、やけに表紙が擦りきれているから、アルフレッドが言っていた奥様のお気に入りというのはこの本で間違いないだろう。

リーはパラリと本の真ん中辺りを開くと、会話文らしい文字列をゆっくりと細い指でなぞりながら一文字一文字解読しはじめた。

「なん……と……いと……しい……わたし……の……あ……あまーりえ……」

リーは本を遠ざけたり近づけたりしながら必死に文字を読み解いていく。

「あさ……ひ……の……よう……に……か、かが……やく……えっと……わたしの……はな……よ」

トマの作ってくれた文字の表を指でたどり、唸り声を上げながら一生懸命読む。

「ああ……ああ……どう……か……どう……か、わたしの……わたしの……かいなに……あっ！　かいな！　かいなってたしか腕のことだ！　えへへ！」

言葉の意味がわかり、リーは嬉しそうに本をゆらゆらと揺らした。

リーはまともに小説を読んだことがないので気づいていないが、それは普通の小説とは少し違うものだった。会話文を示す記号の前にその台詞の主体が示され、ところどころにト書きがある。つまりこれは、脚本だとかそういった類のものだ。「ハンス、両手を広げてアマーリエの前に跪く」とかそんなことが書いてあるわけだ。芝居用に書かれた作品が好評を博し、書籍として一般に売られることになったのだろう。それをまだ実家にいたころのレティーシア奥様が手にし、嫁ぎ先に持って行くほどの愛蔵書となった。

しかし、それにしても――

リーはパタンと本を閉じた。

「この本の人、旦那様にそっくり！」

そう、その通りである。

『なんと愛しい私のアマーリエ！　朝日のように輝く私の花よ。ああ、ああ、どうか、どうか、私の、私の腕に……！』と言いながら両手を広げて跪くなんて、台詞といい両手を広げるというそのベタベタな動作といい、旦那様そのものである。

駆け出しの俳優みたいな旦那様と一緒に暮らしていながらさらにこの本を好むなんて、奥様は相当に暑苦しい強者だな……ということはなさそうである。

旦那様が俳優なのと、奥様が芝居好きなのと。

どちらが先かなんて、問うまでもない。

8　視察

「なんだって？　レティーシアを視察に？　しかし……」

夜中に帰宅した旦那様は疲れた様子で暖炉の前のソファに深く腰かけ、アルフレッドの提案に驚いて顔を上げた。

「このまま日帰りの視察を続けられるのはお体への負担が大きすぎます」

アルフレッドは後ろ手を組んで旦那様のすぐ傍(そば)に立ち、静かに言った。無表情は相変わらずだが、声には旦那様を思いやる気持ちがにじんでいる。

「だが……」

「もう少しご自身のお体のことも気遣ってくださらなくては。ご領主様である旦那様にもしものことがあれば、それはこの屋敷だけの問題にとどまりません。奥様をお連れになれば毎晩ここへお戻りになる必要はなくなるのでしょう？」

旦那様は目を見張りアルフレッドを見つめる。

「私がなぜ日帰りするのか、お前にはお見通しというわけか」とソファの背もたれに深く沈み込み、眉間をぐっと押さえた。

執事の返答はないが、旦那様は沈黙を肯定ととり、眉間を押さえたまま天井を仰いでふーっと息を吐く。

「スタイルズが街を出たと聞いて慌てて戻ってきたあの日の焦燥がね。あれを思い出すとなかなか泊まりの日程を組む気になれないんだよ」

スタイルズの名を聞いた途端にアルフレッドの顔が奇妙にゆがんだ。口が少しだけ開き、唇の片側がめくれるように持ち上げられる。

「旦那様のお気持ちはよくわかっております」

リーがはじめてこのお屋敷に来た翌日、旦那様は奥様が街へ出かけたと知って視察の予定を繰り上げて帰って来た。しかし理由はそれだけではなかったのだ。奥様が街に出かけたという知らせとともに、スタイルズが街を出たという情報がもたらされた。それが何を意味するのか。奥様との仲が順調であったとはいえない旦那様の頭にはきっと、最悪のシナリオが浮かんだことだろう。奥様とスタイルズがともに街を出たのではないかという。

本物の奥様が今どこで何をしているか知るすべはないが、もしかしたら旦那様の懸念は現実になっているのかもしれない。

アルフレッドがそのことに思い至らぬはずはないし、何も知らずにいる旦那様に対して胸の痛みを覚えないはずもない。さまざまな想いが胸を駆けぬけ、執事は表情をわずかに曇らせた。

「しかし、レティーシアの負担にならないだろうか。馬車での長旅は楽ではない」

アルフレッドは眉を少し動かした。

「……旦那様はその楽ではない長旅を毎朝毎晩続けてこられたのですぞ」

なおも迷いを見せる旦那様に、執事は静かに言った。

「旦那様。もはや旦那様だけの問題ではございません。馬も御者も疲弊しています。特に御者は、屋敷に戻ってから馬の世話をし馬車の手入れをして翌朝に備えるのです。旦那様同様、眠る時間はほとんどありません。これ以上は酷ではありませんか。御者の疲労は事故にもつながります」

冷静な注進に返す言葉もなかったのだろう。旦那様は小さく頷いた。

「お前の言うとおりだ。私のわがままでこれ以上負担を強いるわけにはいかないな」

「それに、奥様がご一緒なら訪問先の人々も喜ぶでしょう」

「それはそうだが……レティーシアはついて来ると言ってくれるだろうか？」

旦那様は途端に不安げな表情になる。

「直接お尋ねになっては？　先ほど部屋に灯りがついていましたから、まだ起きておられるでしょう」

「そうか、それじゃあ今から行って話してみるか」

旦那様がアルフレッドを見ながらひょいと首を扉のほうへ向け、それを受けてアルフレッドは目を三度ほど瞬いた。

それからややあって旦那様の意図に気づき、真顔で「まさか、この刻限に私が奥様のお部屋にお邪魔するわけにはまいりません。おひとりでどうぞ」と言った。

旦那様はアルフレッドを引き連れて奥様の部屋に行くつもりだった。この場合「引き連れて」というよりも「付き添ってもらって」のほうが的確だが。

「奥様に断られたら私がなぐさめて差し上げますよ」

執事に優しく追い出され、旦那様はゆっくりと廊下を歩き出した。その足取りは重く、頬から首筋の辺りがこわばっている。幼子が夜中にひとりで用を足しに立つ姿そのものだが、残念ながら行き先は手水場ではないし、旦那様はすでに齢三十を超えた立派な大人だ。

すでに屋敷の灯りは大方消され、旦那様は暗い廊下を蝋燭のほのかな灯りを頼りに歩いて行く。しばらく進んだところで旦那様は唐突に「レティーシア、話があるんだが」

と言いはじめたが、どこにもリーの姿は見当たらない。

　旦那様は目を閉じてブツブツ言いながら、脳内奥様を相手に練習をしているのだ。おまけに「夜遅くにすまない。疲れているだろうからまたの機会にしたほうがいいかとは考えたのだが、部屋の灯りがついていたのでひょっとしたら起きているのではないかと思ったのだ。それにこのところ君とゆっくり話す機会がなかったものだから、顔を一目見たくなって。しかしすまない、やはり女性の部屋を訪れるには非常識な時刻だったかもしれない。だがしかし私としては……」という長い前置きつきである。伝えたいのは、視察に同行してくれないかという、たったそれだけだ。それだけのためにひとりでぶつぶつと台詞の練習をするほど気苦労の多い夫婦生活を送ってきたのである。

　そして長ったらしい前置きの練習を終え、いよいよ本題に入った。

『視察に一緒に来ないかい、愛しいレティーシア！　ああ、君が一緒なら、どこへだって行ける！　なんだってできる！』というのが歯の浮きまくる俳優バージョン。

　そしてお次は『旅に出ないか』という、目的が全く伝わらない放浪の民バージョン。

　それから『いざ行かん、海辺の町へ！』という、劇中で出て来たとしても「どうぞどうぞ、おひとりでご勝手に」と言われるような決め台詞バージョン。

『おいしい魚を食べたくないか』に至っては、ほとんど何も伝わらない。頑張って意図を汲み取るならば、視察先が海辺の町だからということなのだろうが、これで伝わるはずがない。リーならきっと「お魚くれるんですか！」という陽気な言葉とともに満面の笑みで両手を差し出すだろう。

「いや、これはダメだ、レティーシアは肉好きだ。きっと魚よりも肉だ」

そういう問題じゃない上に、どれもこれもダメだが、旦那様は真剣そのもので、リハーサルは奥様の部屋のすぐ近くにたどり着くまでずっと続けられた。

ひとり芝居を誰にも目撃されることなく奥様の部屋の扉の前にたどり着いた旦那様は、咳払い(せきばら)をしてゆっくりと三度深呼吸をした。

そしてこんこん、と優しく扉をノックすると、どたどたと部屋の中から物音がして、すぐに扉からリーの顔がひょこんと覗(のぞ)いた。

「あ！　旦那様！　お帰りなさい」

旦那様を見るなりリーは華やいだ表情になる。

「ただいま、レティーシア。なんだか君に会うのは久しぶりな気がするね」

部屋に招き入れられながら旦那様はほっとした顔で優しく言った。

「ええ。お会いできて嬉しいです」

リーは旦那様をじっと見つめた。旦那様の目の辺りにしきりに視線を投げ、「隈(くま)

いるらしい。

が……」と小さな声を上げると、そっと手を伸ばす。リーなりに旦那様の体を心配して

だが、リーの手が旦那様の顔に届くことはなかった。その前に、もっと大きな手に捉えられたからだ。旦那様はリーの手を両手で握りしめ、ゆっくりと言った。

「実は……明日また視察に出るのだが、もし……もし嫌でなかったらだが……君も一緒に来ないか。数日、宿に泊まっての視察になると思うが」

先ほどまでの涙ぐましいリハーサルが全く生かされることなくごくごく普通に告げられたが、練習のどのバージョンよりもまともな言葉だったのは幸いであった。

旦那様は死刑宣告を待つみたいな顔でリーを見つめる。

「え？　一緒に行ってもいいんですか？」

旦那様の心配をよそに、リーは小躍りしそうな様子で聞き返した。

「馬車での長旅は退屈だし、疲れることもあると思うが」

「旦那様が一緒なら平気ですよ！」

素直な言葉に、旦那様はようやく安堵し、ゆっくりと鼻から息を漏らす。

「ありがとう。よかった」

「あっ！」

リーが思い出したように声を上げた。

「もしかして、う、海に、海が、海へ……んぐっ」

昼間のアルフレッドとの会話を思い出したリーは、興奮しすぎて言葉に詰まる。胸の辺りを何度か叩いて落ち着いてから、「海へ行くのですか？」と尋ねた。

「ああ、そうだ。領地の西端でね。海辺の町に泊まることになるよ」

旦那様が答えると、リーは顔をほころばせて瞳をきょろきょろと動かす。

「海へ行くのが嬉しいかい？」

リーは頷いた。興奮しすぎて今にも鼻血を噴きそうなほど顔が真っ赤だ。

「レティーシアがそんなに喜ぶ姿を見たのははじめてだな」

旦那様の口から出た名前にリーは一瞬ハッとし、顔の緩みを元に戻そうと格闘する。顎を持ち上げてツンとした表情を作ろうとするが、緩む頬を引き締めきれず、終いには手で両頬を押さえて笑みを封じ込めるという作戦に出たが、それでもなお、奥様然とした姿にはほど遠い。

旦那様は「ふっ」と小さな笑いをこぼした。そして、リーの手首をそっと掴み、頬から引きはがす。途端にリーの頬が緩み、笑顔がこぼれた。

「構わない。そのままで」

リーは驚いて旦那様を見た。二人の視線が真正面から絡まり、どちらも逸らすことなく互いを見つめる。それから旦那様は脱力したように大きく息を吐き出して、穏やかな笑みを浮かべた。

「レティーシア、君の自然な姿は私に力をくれる」

「力を？」

リーは眉をひょいと上げ、聞き返した。

「そうだよ。だから、無理に取りつくろったりしなくていい」

リーはにっこりと笑った。目をきゅっと細め、目尻を下げて破顔する。

奥様の演技にほころびが出てもよろしいというお墨付きをもらったようなものだ。

「やったぁ演技が楽になる」と思ったのだろう。

だが旦那様はリーの胸のうちなど知る由もない。その笑顔をたまらなく愛しく感じた旦那様は、とろけるような笑みを返した。

「あ！　泊まりってことは、旦那様の宝物も持っていくってことですよね！」

リーはにこにこと笑う。

「え？」

「アルフが言っていました！」

旦那様に向かってアルコと言わなくてひと安心である。

「アルフレッドが？」

「旦那様はお屋敷に大切な宝物があるから、それを置いてお屋敷を空けるのがお嫌なのだと。だから、わたくしが宝物を持って行ったらいいのにって申し上げたんです！」

リーは「いいアイデアでしょ？　褒(ほ)めて！」と言わんばかりにニコニコと旦那様の顔を見つめる。

旦那様はほのかに笑ってから、遠慮がちに伸ばした手でゆっくりとリーの頬(ほお)を撫(な)でた。

「そうだったのか。アルフが、ね……いつからアルフと呼ぶように？」

「今日、そう呼ぶようにと言われたんです！」

「そうだったのか」

「あっ」

リーはハッと口を押さえた。旦那様はそんな様子を見て笑いながらリーの頭にぽんと手を乗せる。

「アルフレッドと話したことを気にしてくれたのなら、別に構わないよ。私以外の男と話さないなんて、元々無理な話だ」

そう言ってリーの髪に指を差し入れ、くしゃりと撫でる。

リーは嬉しそうにへへっと笑っているが、そんなお気楽な場面じゃない。

これは誰だ。

穏やかな笑みを浮かべたこの優男(やさおとこ)は。

旦那様の偽者(にせもの)か。

そう疑いたくなるくらい、旦那様には余裕がある。奥様が給仕と短い会話を交わしただけでも嵐が吹き荒れていたのに、執事を愛称で呼んでも動じないとはただごとではない。この場にトマがいたら、きっと旦那様の背中に回って切れ目はないかと探したはずだ。

「以前はそんな些細なことが気になったが、最近はあまり気にならなくなった。いつかの朝食の席で君が私の子どもじみた行動を許してくれたおかげかな」

「でも、アルフ以外の人とは……夜会のときに伯爵とお話ししたくらいです。どっちも、ヤキモチなんてやく必要のないおじいちゃんですから！」

旦那様を見上げ、リーは楽しそうに言った。

伯爵をおじいちゃん呼ばわりできる娘なんて国中を探してもローザとリーくらいのものだ。

「アルフレッドが聞いたら怒りそうだから、今の話は内緒だな」

旦那様はリーの頭にのせた手をそっと離し、「もう遅いから今日はおやすみ。明日は早い」と言ってゆっくりと部屋を出た。

「はい！　おやすみなさい！　旦那様！」

元気な声に送り出され、薄暗い廊下を自分の部屋までゆっくりと歩く旦那様の瞳は穏やかで、帰宅したときに浮かんでいた疲労の色はすっかり消えていた。

翌朝、屋敷の外まで二人を見送りに出たアルフレッドは旦那様にそっと耳打ちをした。

「宿のお部屋ですが、旦那様と奥様で別の部屋をお取りしています。同じ部屋にしたら翌日奥様が足手まといになられる可能性が高うございますから」

「足手まとい……」

旦那様は苦笑するが、アルフレッドは表情を変えない。

「誰のせいかは言わずもがなでしょう」

「私も一応手加減という言葉は……」

「知っておられたのですか？　それはそれは。てっきりご存じないものとばかり思っておりました」

旦那様は軽くため息をついた。

「お前にも手加減を知ってほしいよ」

「そうですな。旦那様から学ばせていただくことにします」

執事の言葉にやり込められた旦那様はやれやれと軽く頭を振る。

「まぁしかし、そんな心配は無用だよ」

「ほう？」

アルフレッドは片眉を上げた。

「それはまた、なぜですか？」

「レティーシアに手を出す気はないからだ」

「……驚きましたな」

アルフレッドは珍しく動揺している。一瞬、旦那様が何かに気づいているのではないかと思ったのだろう。

「何か……考えでもおありなのですかな？」

「いや。このところレティーシアと随分と穏やかな関係を築いているから、それを崩したくないんだ。お前も思わないか？　随分打ち解けて、色々なことを話してくれるようになった。私とともにいるときにリラックスした様子を見せてくれるようにもなった。長い時間がかかったが、ようやく光が見えてきた」

この言葉にはさすがのアルフレッドも答えようがなかった。いそいそと馬車に乗り込んで嬉しそうに窓からこちらを見ている娘は本物の奥様ではない。この娘との距離がどんなに縮まったとしても、本物の奥様との距離は一ミリも縮まらないのだ。

「以前はレティーシアを前にするとどう振る舞っていいかわからなくなった。どうすれば彼女の関心をひけるのか……なんとかして彼女を囲い込もうと必死だった。でも最近はそんなふうに思っていたことすら忘れていたよ」

「それは……よいことですな」

「ああ。そう思うよ。レティーシアは最近すっかり変わった。彼女のほうから歩み寄ってくれたんだ。私は持ち得るすべての誠意を尽くしてそれに答えなければ」

アルフレッドは無表情を取りつくろうのに苦労して、幾度となく瞬(まばた)きをした。それからしばらく何か言いたげに眉を動かしたあと、覚悟を決めたように言った。

「誠意を尽くされるのに、あの態度はご不要では？」

「……あの態度？」

「どこぞの赤い本に書かれているト書きみたいな派手な身振りや、ごてごてに飾りつけられた台詞(せりふ)のことです」

旦那様はごくりと唾を呑んだ。

「どういう意味だ」

「奥様の愛読書と同じものが旦那様のお部屋の本棚にひっそりと置かれていることは存じております。『鯛に囚われた醜女の吐息』とかいう題名でしたかな」

正しくは『恋に囚われた乙女のため息』である。

旦那様は執事のあまりにも辛辣な言葉選びに苦笑したものの、否定はしなかった。

「嫌な執事だな」

「それも存じています」

アルフレッドの涼しい顔をちらりと見て、旦那様は足元に視線を落とした。

「彼女がそういう男を好きならそれに近づく努力をすべきだと……」

アルフレッドは首を横に振った。

「旦那様が産声を上げた瞬間からお傍に仕えてまいりましたが、旦那様はそのままで充分魅力的です。ご自分を見失うことのなきように」

アルフレッドの言葉に旦那様は顔を上げ、信じられないといった表情をした。

「変なものでも食べたのか？」

「いいえ。本当はもっとずっと前にお伝えすべきだったことを申し上げただけです」

そして一つ、ゆっくりと瞬きをする。

「視察の旅をつつがなく終えられますよう」

そう言ってアルフレッドは急きたてるように旦那様を馬車に乗せ、御者に合図を送った。

馬車はパカパカと小気味よい音を響かせて走り出す。

それを見送って、アルフレッドは大きく首を振った。

『視察の旅にあの娘を送り出すなんて、いったい何を考えているのですか！』

奇妙に裏返った声でそう言ってからにやりと笑う。

「トマが知ったらこう言うに違いない。だが、旦那様の体と心の平穏を思えばこそ、だ」

アルフレッドのトマのモノマネは、『鯛に囚われた醜女の吐息』よりよほど気持ち悪かった。

視察の旅ははじめ、すこぶる順調だった。

だが今、旦那様はこれ以上ないほど渋い表情で御者と向き合い、「違う、誤解だ」と繰り返している。御者のほうは「いいえ、お楽しみのところを失礼いたしまして。大変申し訳なく……」と平身低頭し、旦那様の言葉などまるで聞いちゃいない。

最初はよかったのだ。

馬車に乗り込んだ旦那様が目にしたのはリーが持ちこんだ大量のクッションと毛布で、美しく繊細な内装にはまるでそぐわない荷物に驚いたものの、「お尻が痛くならないようにですよ！」とにこにこと笑うリーに促(うなが)され、クッションの上に腰かけて微笑(ほほえ)んだ。

リーは窓に息を吹きかけてニコニコマークを描いて遊んだり、窓からの景色を見て感動の叫び声を上げたりと、旅のはじまりは平和そのものだった。

丘を下って大通りを抜けるころには、馬車の作り出す細かな揺れに誘われた眠気がそっと忍び寄り、リーと隣り合った席に腰かけたまま旦那様は目を閉じてうつらうつらと頭を揺らしていたのだ。

ここまでは順調だった。

「旦那様？」

リーの柔らかな声にそっと目を開いた旦那様は「んっ」と声を上げて軽く伸びをする。

「なんだい、レティーシア」

そう答えた声には、かみ殺しきれなかった欠伸(あくび)が混じった。

「お疲れのようですね」

「ああ、そうだね。すまない。うとうとしてしまった」

「いいんですよ。ただ、座ったままでは眠りにくそうなので、お膝をと思って」

リーは自分の膝にクッションを載せ、そこをポンと一つ叩いた。

「え？」

旦那様は目を丸くして固まる。

「ここへ頭をのせていいですよ」

リーはもう一度膝をぽんと叩き、旦那様はごくりと唾を呑みこんだ。

「そのほうが寝やすいでしょう？」

無邪気な声が早く早くと旦那様を急かすが、旦那様のほうは全く状況について来られていない。目を丸くして魚みたいに口をぱくぱくしている。

「旦那様？」

リーがひょいと顔を覗きこんだので旦那様は瞳だけをきょろりと動かし、リーの膝の上に置かれたクッションを見つめた。口からは幽かなため息のようなものが漏れる。

「どうぞ？」

その言葉に旦那様は覚悟を決め目をぎゅっとつむって体を倒し、リーの膝に頭を預けた。

「ね？　寝やすいでしょう？」

リーは満足げに言って窓の外に視線を投げて空を見上げたが、膝の上にある旦那様の顔は耳まで真っ赤に染まり、せわしなく瞳を動かして寝つくどころではない。

リーは、返事がないのを旦那様が早くも眠りについたせいだと思い、「あれ、もう寝ちゃったかぁ」とか言いながら鼻歌なぞ歌っている。その歌は、炭鉱夫たちが作業中に士気を上げるために合唱するとんでもなく力強い歌で、膝に人の頭をのっけた状態で歌うような歌ではない。それをリーはノリノリで歌い、鼻の奥で重厚な低音を響かせながら上機嫌で頭を揺らした。

旦那様は今さら起きているとは言えなくなり、肩や首にかなり力が入った体勢のまま身じろぎ一つせずに目を閉じて眠ったふりをはじめた。

「旦那様のお疲れ、飛んで行けー」

唐突に鼻歌を打ち切ったリーはのんきにそう言いながら旦那様の頭をよしよしと撫でて、その手をぽーんと空中に投げ出す動作をする。

「辛いこともぜんぶ、飛んで行けー」

その言葉を膝の上で聞いた旦那様は目を閉じたまま眉根をぎゅっと寄せた。そして鼻をひくりと動かしてゆっくりと息を吸い込んだが、幽かにその息が震える。リーの言葉が胸を打ったのだろう。

　そんなことにはまるで気づいていないリーは肘置きに肘をつき、手で顎を支えてぼんやりと外を眺めた。

「ああ、あの雲おいしそう。お肉だな。なんのお肉かなぁ。あ、あっちは骨付きだぁ」

　途端に違う種類の震えに襲われ、旦那様は口角を緩めたままなんとかして笑いを殺そうと顔をゆがませてもぞりと動いた。リーはそれを馬車の揺れだとでも思っているのか、気づく気配は一向にない。

　そうこうしているうちに旦那様には本格的な眠気が忍び寄ってきた。いつの間にか旦那様の肩からは力が抜け、表情は緩んで静かな寝息をたてはじめる。その落ち着いた寝息に誘われ、リーもゆっくりと目を閉じた。瞳の上下を豊かに縁どる長い睫毛がパサリと音をたてて合わさり、幽かに揺れた。

　ここまでも、いたって順調。

「座ったまま眠るのが上手だね」

リーがぱちりと目を開けたときにはすでに旦那様の頭は隣にあり、リーは驚いて一瞬肩をぴくりと持ち上げた。

「旦那様、いつから……？」

「少し前だよ。一刻半ほど眠っていたようだ。膝を貸してくれてありがとう。助かったよ」

「それならよかったです」

リーは嬉しそうに口を開けて笑う。そして思い出したように声を張り上げた。

「旦那様！」

「なんだい」

「お腹が空きました！」

唐突すぎる申し出にも旦那様は驚かず、唇を噛み（か）ながら頬（ほお）を持ち上げて頷き（うなず）、「そうだね。次の街で何か食べようか」と言ったが、リーはぶんぶんと首を振る。

「クリアンヌに頼んでサンドイッチを作ってもらったんです！」

リーは座席の下をごそごそと漁り（あさ）、バスケットを取り出してぱかっと開けた。中にはおいしそうなサンドイッチがずらりと並んでいる。栗餡姫（くりあんひめ）は相当料理上手のようで、はみ出んばかりの具はどれもそれぞれに違っていた。リーはどれから食べようか悩みはじめる。

だが旦那様の心を捉えたのは、サンドイッチよりも栗餡姫もとい「クリアンヌ」である。

「クリアンヌ？」

「ええ！」

リーはちょっとだけ顎を突き出し、自信満々に頷いた。

「クリアンヌ」

「ええ！」

「クリアンヌね……」

「ええ、そうです！　クリアンヌですよ！　あの目の青い！」

「……クリアンヌ？」

「あ、旦那様！　さてはクリアンヌの名前を覚えていらっしゃらなかったんですね？　もう、だめですよ！　使用人の名前をきちんと覚えておかないと！」

リーは目を眇めて旦那様にダメ出ししながらサンドイッチを一つつまみ、口に放り込んだ。言うまでもなく、選んだのは肉がこれでもかとばかりにはみ出している一品である。

「んん、おいしいですよ！」

「そう、クリアンヌでふよ！　ひゃんと覚えてくらはいね！　明日テストしまふ！」

リーはもごもごと言った。食べながらしゃべってはいかんとか、淑女（しゅくじょ）のたしなみとして初期にトマに教わったことはどこかへ飛んで行ってしまっている。

旦那様はまだ釈然としない様子で首をひねっているが、目の前の奥様があまりにも自信満々なので、もしかしてクリアンヌというのが本当の名で今まで自分は間違えて覚えていたのではないかとでも思ったのだろう。自分を納得させるように数回頷いたあと、ゆっくりとサンドイッチを手に取って頬張（ほおば）った。当然、その手は野菜のたくさん詰まったものに伸ばされた。肉好きの奥様が手の行方をしげしげと見つめているプレッシャーの下で肉サンドを選べるほど、この旦那様の肝（きも）は太くないのだ。

と、ここまでも、順調とはいかないまでもなかなかうまくいっていた。少なくとも何一つ面倒事は起こっていなかった。

ここからが問題だったのだ。

お屋敷のある領地の中心地から離れるにつれて道は悪くなり馬車の揺れはひどくなっ

ていくし、リーは大量の肉サンドイッチを平らげて「げふっ」と小さく呟くくらいだし、なぜか二人して進行方向とは逆側を向いて座っているしで、旦那様が異変に気づいて「どうしたんだい、レティーシア」と声をかけるころにはリーの顔はまるで色を失っていた。

「ん……目の奥がずんとして、お腹の奥がもやもやします」

リーは細く開けた唇を震わせながら、やっとのことで答えた。

「しまった。馬車の揺れに酔ってしまったんだね。こちらへ」

旦那様はとりあえずリーを進行方向に向かって座らせ、窓のカーテンを開けて風を入れた。

リーは苦しそうに「ふー」と言ったきり動けずに細い息をし、妙な欠伸を繰り返す。

「大丈夫か？」

「んだ」

大丈夫と言いたかったのか、大丈夫じゃないと言いたかったのか。だが、その様子から大丈夫でないことは明らかだ。

「レティーシア、少し服を緩めたら楽になるかもしれない。すまないが、背中を向けてくれないか」

旦那様はリーの肩をそっと掴み、体の前に腕を回して後ろから抱きかかえるようにリーの体を支え、服の背中のリボンをゆっくりとほどいた。

「コルセットがきつすぎるのかもしれない」

もはやリーは答えられる状況ではないので、旦那様はひとりで話しながら手早くドレスを緩め、その下に手を入れてコルセットの細い紐をほどきはじめた。手際のよさはなかなかである。

「はふー」

リーが気の抜けた声を出したところでようやく旦那様はほっと息をついた。

「楽になったかい」

「ええ、少し。ありがとうございます」

背を向けたままリーはそう言った。

だが次の瞬間、自分の置かれている状況にはじめて気づいたリーの首筋が真っ赤に染まる。

「わわっ旦那様に背中を！」

羞恥心というものが根本的に欠落しているようであったが、どうやらこの娘にも人並みに装備されていたらしい。それとも旦那様にだけ発動するのだろうか。トマを風呂に誘っていたのとはえらい違いである。

だが、真っ赤に染まったのはリーばかりではない。リーの反応に不意を突かれた旦那様のほうが、深刻な事態に陥っていた。目の前に愛しい奥様がいて、その背中は露わになり、その上背中から首筋が羞恥に染まっているのだ。これを扇情的と言わずなんといおう。すっかり情を煽られてしまった旦那様はこれまた真っ赤になってごくりと喉を鳴らした。その手が一瞬物欲しげににぎにぎと動いてしまったのを誰が責められよう。

こうしてすっかり真っ赤に熟した二人は、全く気づかなかったのだ。

いつの間にか自分たちを運んでいる馬車が止まっていることに。

「いったんこの街で休憩を」という声がかけられていることに。

そして御者の手が、馬車のドアを開けようと伸びていることに。

かくして、ひどく蒼褪めた御者が半刻ほどの休憩の間中ずっと「お楽しみのところを大変失礼いたしました！」なぞと平謝りし、旦那様が「違う、誤解だ」と何度も何度も言わなければならないという状況に陥ったのであった。

リーは、馬車から下りて新鮮な空気を吸ったおかげですっかり顔色もよくなって、旦那様の「誤解だ」という言葉をより一層嘘っぽくするのに一役買っていた。

街での休憩を終えて馬車に乗り込んでから、リーはずっと黙りこくって窓の外を眺めていた。

「緑ばかりで退屈かな……？」

お屋敷から離れるにつれ、リーの瞳にはのどかな田園風景が映り込むようになっていった。ずっと同じような景色が続くので心配になったのだろう、旦那様の声には奥様のご機嫌を窺うような気配がある。だが窺っている相手は、不機嫌という言葉とはおよそ無縁な能天気娘である。

「いいえ！　あそこでゴロンゴロンしたら気持ちよいだろうなと思っておりました！」

リーはにこにこと答えた。

たしかに冬の晴れた日に草原でごろ寝をするのはさぞかし気持ちがよいだろう。

退屈するどころか楽しい妄想を繰り広げていた娘は、心の中にあふれた願望を心だけで処理しきれず、そわそわと尻を浮かせる。また酔ったりしては大変と旦那様がそれを優しく座席に押しとどめたのでなんとか暴れ出さずに済んだものの、放っておけばそのうち草原ローリングのリハーサルでもはじめかねない勢いであった。

だがそれよりも気になることが一つ。

この旅がはじまった辺りから、リーの言葉遣いがかなり崩れているのだ。トマが長い間傍(そば)にいなかったせいもあるのだろうし、お屋敷を離れて気が緩(ゆる)んでいるせいもあるのだろうが、いくらなんだってゴロンゴロンはいきすぎである。ただでさえフォローしてくれる人がいない状況なのに、このままでは旦那様に気づかれてしまうのではないか。

ところが旦那様にかかればこの砕けきった言葉遣いすらも「愛しい奥様の歩み寄り」と相成(あいな)るわけで、下手すれば自然体で可愛いとでも思っていそうだ。恋は盲目(もうもく)とはよく言ったものである。

「この辺りは屋敷の周囲に比べれば随分と寂しいが、もう少し行くと小さな町があるんだ。そこで馬車を下りて歩いてみるかい？　外の空気を吸うのも悪くないだろう」

「はい！」

旦那様の提案にリーは瞳を輝かせた。

「久しぶりのお散歩ですね！」

「そうだね、そういえばあれ以来だ」

あれ、というのは落ち葉の上でのお散歩のこと。黄色い絨毯(じゅうたん)の上で過ごしたあのわずかな時間は旦那様の大切な思い出になっているのだろう。旦那様はその少し垂れた優しい目を穏やかに細め、リーを見つめた。

あの日から旦那様が腰を痛めたり、夜会があったりで忙しく、二人でそぞろ歩きをする機会などなかったのだ。

旦那様と一緒に過ごすのを楽しみにしているリーですら旦那様と二人きりで過ごせた時間といえばそれくらいのものなのだから、旦那様と過ごす時間を望んでいなかった本物の奥様と過ごした時間は、それほど多くはないのだろう。奥様が入れ替わったことに長期間旦那様が気づかないのも無理はない。

「あ、旦那様！　あの白いのはなんですか？」

緑の丘に点々と散った白に目をとめ、リーが窓にかじりついて尋ねた。

「白いの？　どれどれ」

窓から外を覗（のぞ）き見た旦那様は、さも当然のように言った。

「ああ、羊だよ」

答えを聞くなり、リーは首をひねった。

「アルフ、ですか？」

「いや、『しつじ』ではなく『ひつじ』だよ」

「……羊？」

「君の外套（がいとう）にもきっと使われているだろうね。温かいから」

「そう、羊の毛を織り込んであるんだ。君は……もしかして……羊を見たことがないのかい？」

「羊が……ですか？」

旦那様はまさか、という表情をするが、リーはこくこくと頷く。

「はい、あんなモシャモシャははじめて見ましたよ」

全羊からの猛抗議をあびそうな呼称を口にしつつ、リーは緑に散った白い毛玉を眺める。初夏に刈り込まれる毛は冬の時期にはふわふわと伸びて暖かそうに羊の全身を覆っていて、丸々とした姿は見るからに触り心地がよさそうだった。

リーの返答は思いがけないものだったが、旦那様は穏やかに「近くで見てみたいかい？」と尋ねた。

もちろん、その提案にリーが異を唱えるはずはなく。

二人は村のはずれで馬車を下り、ゆっくりと歩きだした。

「静かでよいところですね。空気がおいしいです」

リーは両手を広げ、胸いっぱいに空気を吸い込んで空を見上げる。

「そうだね。何もないといえば、それまでだが」

「おうちの色がすごく優しいです」

「ああ、この辺りの家の色はどれもこの色で統一されているんだよ」

ハチミツ色の家は広大な緑の中に紛れるでもなく主張しすぎるでもなく見事に溶け込んでいて、穏やかな冬の日差しと相まって温かな雰囲気を醸していた。

「寒くはない？」

「はい、平気です」

「よかった」

「羊のおかげですね」

「そうだね。もう少しすると羊の子どもが生まれる時期がやってくるんだ。だからあの中にはお腹の大きい羊もいるんじゃないかな」

「羊の子どももあんなふうにモシャモシャですか？」

「いや、生まれたときはもっとずっと毛は短いよ。人間の赤ん坊だってそうだろう？」

「あ、そうですね。生まれたときは皆はげちゃびんですよね。小さい羊かぁ……可愛いだろうなぁ」

旦那様は穏やかな表情でリーを見た。はげちゃびんなんて言葉をどうして穏やかな表情で受け止められるのか。

「可愛いよ。ものすごく小さくてね、弱そうで。震えながら立ち上がるんだ」

「え？　すぐに立つんですか？」

「そう。生まれて一時間くらいで歩き出すんだ。そうやってすぐに逃げられるようにしないと、狼みたいな動物に食べられてしまうだろう？　だからとても早いんだよ」

「そうなんですか！　旦那様は物知りですね！」

「そうかな。いや、ふつうだよ」

その通り、割とふつうである。

「いいえ！　すごいです。羊のことにこんなに詳しいなんて」

「あちこち視察して回っていると色々な話を耳にするからね。自然と知識が身につくのかもしれないな」

「うわぁ、素敵ですね」

リーはそう言いながら、放牧地の柵にそっと手を置いて中を見つめた。

エメラルドグリーンの瞳には、青い空と緑の大地、そしてそこに散る白が緩やかに映り込む。

旦那様もリーの隣の柵にそっと寄りかかった。しかしその瞳は羊ではなく隣に立つ女性に向けられている。

「これからは一緒に来るかい？　その……今回だけでなく」

「え？　いいんですか？」

リーは旦那様を見上げ、白い歯を見せて笑った。

「もちろんだよ。そうすれば羊の子どもも見られるだろうし、ほかにも面白いことがたくさんあると思うよ。もちろん、距離や体調によって来られるときだけで構わないけどね。君に無理をさせたくないから」

「無理だなんて！　行きたいです！　旦那様と一緒に色んなものが見られるのでしょう？　私も物知りになれるかもしれませんね！」

本当に嬉しそうに笑ったリーは、「羊の子ども……楽しみだなぁ」と呟いてまた遠くのモシャモシャを見つめた。

「……レティーシア」

「はい？」

「口づけても？」

唐突な問いに、リーは目を丸くした。

今まではためらいもなく人前でリーの酸素吸入を邪魔していたくせに、どうしていきなり意志を確認しようと思ったのだろうか。まるでわからないが、旦那様的に何やら心境の変化があったらしい。たぶん断られないと思ったからだろう。断られることを恐れたら、こんなふうには問いかけられない。今までのむぎゅぶっちゅは拒絶されるのが怖くて、相手の反応を待つより先に行動に出ていたためかもしれない。

「もちろん」

リーはそう言って旦那様をまっすぐに見上げた。

白く肌理の細かい肌に薄くそばかすが散り、寒さで頬と鼻の先がわずかに色づいている。潤んだ瞳は豊かな睫毛で縁どられ、幽かに揺れるそれが旦那様を誘うように柔らかく動いた。

旦那様は手袋を外し、素手でそっとリーの頬を包み込むように撫でる。その手に頬をすり寄せリーが目をつぶった。大きな手が頬を柔らかに撫で、親指がリーの目元をそっとたどる。それがゆっくり目尻にたどり着いたところで、リーは目を閉じたままふっと口角を上げた。大きな手は、手のひらから直に伝わる微笑みをたしかめるようにしばらくそこを撫でたあとで緩やかに顎へと滑らされ、中指が小さな顎をそっとすくい上げる。

そして、春色の小さな唇にそっと旦那様の唇が重なった。柔らかく、触れるような、それでいて優しい口づけ。

——ほらね、おてんとう様の下でのキスがちゃんとあったでしょ、トマさん。

一言も発してはいなかったが、リーの横顔はたしかにそう言っている。その瞳に映るのは空でも緑でも羊でもなく、茶色い瞳で優しく微笑む旦那様。

それから寄り添うように柵にもたれかかった二人の上を、雲がゆったりと流れていく。

どれほどそうしていただろう。

雲がいくつもふたりの上に影を作っては去って行ったころ、旦那様が顔を上げて言った。

「ああ、あそこに羊飼いがいた」

旦那様の視線の先を追ってリーの瞳も動く。

「あ、本当ですね」

この村には人間なんていないんじゃないかというほど羊しか見当たらなかったが、無人の羊パラダイスでなくてよかった。

羊飼いのおじいさんはどうやら休憩中らしく、積み上げた牧草の上に腰かけてうとうとしている。

「声をかけてみるかい？　羊のことを詳しく教えてくれるかもしれないよ」

「でも、お休み中みたいですよ」

いつから寝ているのかわからないが、牧草の山との一体感からすれば、相当長時間そこにいるのは間違いない。仕事の合間に休憩をしているのか、休憩の合間に仕事をしているのかよくわからない羊飼いである。だが羊たちはめいめい草を食(は)んでいるから、これはこれでよいのかもしれない。

「そっとしておくか」

「はい。旦那様とお話ししているだけで楽しいですから。羊のことも、旦那様が教えてくださったので充分ですよ！」

旦那様は目を細め、「それなら今度はもう少したくさんのことを教えてあげられるように、私もよく勉強しておかなくてはね」と優しく囁(ささや)いた。その表情はこれまでの旦那様のどんな表情よりも穏やかで、そして慈愛に満ちている。

それが凍りつくのは、その少しあとのことであった。

「レティーシア、どうか、どうか……」

「行かせてください」

能天気娘にしては珍しく旦那様に逆らい、リーはその腕から逃れようとする。

「外套(がいとう)なら、私が依頼して必ず直させるから。だから、私に免じて許してやってくれないか」

「へ？　許す？」

旦那様の懇願に、リーは目をぱちくりと瞬いた。その間の抜けた表情もさることながら、もっとも驚くべきはその服装である。先ほどまでリーの体を温かく包んでいた外套が無残な姿をさらしているのだ。

それというのも、あの平和な時間のあと、二人が村の中を歩きはじめてすぐに起きた事件のせいだった。

「焼き菓子はいかがですか？」

背後からかけられた高い声に二人が振り返ると、小さな女の子が二人立っていた。小さすぎて旦那様の視界に入らず、きょろきょろしたほどである。ひとりは十一、二歳くらいだろうか。大きな青い瞳でリーと旦那様を交互に見つめていた。もうひとりはまだ四、五歳といったところで、大きな子に手を引かれて心細そうな表情を浮かべている。

「焼き菓子？」

リーは子どもが持っているバスケットに目を向け、目を輝かせた。

「おいしそう！」

バスケットにはおいしそうなマフィンがいくつも並んでいる。

「旦那様、買ってもいいですか？」

「もちろん。いくらかな？」

旦那様は腰を屈めて子どもと視線を合わせ、リーは服の裾が地面につくのも構わずその場にしゃがみこんだ。

「お手伝いをしているの？」

「はい」

「そう、偉いのね」

「ありがとうございます」

大きなほうの子がハキハキと答え、リーは何度も何度も頷いて、小さな子の顔を覗き込んだ。照れたように逸らされた視線に気分を害することもなく、しばらくリーが見つめていると、恐る恐る視線が戻ってくる。

「歳はいくつ？」

「……四さい」

「そう。お名前は？」

「ニーナ」

「あなたは？」

大きな子は「エリーザです。私は十二歳になったばかりです、奥様」としっかりと答えた。

リーは嬉しそうに微笑む。そんなリーを見ながら旦那様も笑みを浮かべる。そこには先ほどまでと同じ、穏やかで優しい時間が流れていた。

それが一変したのは、無事にお金を払って焼き菓子を受け取ったリーと旦那様が歩き出してすぐのことだ。

「あの！　まって！」

後ろから高い声が聞こえ、続いた軽い足音にリーが振り返った瞬間、何かがリーにぶつかった。

それはニーナと名乗った小さな女の子だった。ぶつかる直前に地面にけつまずきバランスを崩したまま、慌ててリーの外套に抱きついたのだ。

不穏な音が響いたのは、そのときである。

ブチッという音とともに、リーの外套が破れた。胸元の切り替え部分の縫い目の糸が切れ、完全に上下に分かれている。リーは自分の胸元を見下ろして、「おやまぁ」と小さく呟いた。

「ニーナ！」

女の子の後ろから悲鳴のような声が聞こえ、すぐにエリーザが駆けてくる。

「奥様、ごめんなさい。どうしましょう」

エリーザはオロオロとリーとニーナを見、それから救いを求めるように旦那様を見上げた。

だが、そこにはエリーザ以上におたついた旦那様がいた。

生まれたての子羊なんかより、今のこの人のほうが震えている。

なんたって、レティーシア奥様は人一倍着るものへのこだわりの強い人だ。そしてこの外套(がいとう)は本物の奥様がセバスチャンに言いつけて作らせた、この世に一点だけの特別な品。せっかく機嫌よく旅を続け、旦那様ともいい感じに穏やかだったのに。この外套の無残な有様では、先ほどまでの雰囲気は台無しになるだろう。

と、旦那様はおびえているようだ。

そしてその危惧は、ほとんど正しい。

ただ一つ、外套を身に着けているのが本物の奥様ではないことを除いては。

あんまり役にたたない旦那様を横目に、エリーザはリーに深々と頭を下げた。

「ごめんなさい……！　ニーナは奥様のお名前を聞き忘れたと……」

名前を聞こうと駆(か)け寄ったらけつまずき、リーの外套にしがみついたところ、破けてしまったということらしい。

リーは外套の下半分のたっぷりとした布地に埋もれて泣きそうな顔をしていた小さな

ニーナをそっと地面に立たせてやり、その目の前にしゃがみこんだ。

「おうちはどこ？」

「あの山の上の孤児院です」

エリーザが答え、リーは驚いてエリーザとニーナを見た。

「あなたたちは……」

「孤児院に住んでいて、週に一度こうして村に焼き菓子を売りに来るのです。あの……奥様、本当にごめんなさい、あの……外套を弁償……」

エリーザはポケットをごそごそと探るが、そこに入っているわずかばかりのお金で足りるはずもないことに気づいていたのだろう。

がっくりと肩を落とし、泣き出しそうな表情でリーを見つめた。

「あなたたちのおうちに行ってもいい？」

「あの……！　どうか、その……」

リーがひどく腹をたて、孤児院に文句を言いに行くつもりなのだと思ったのか、エリーザは慌ててニーナを庇(かば)うように立ち、必死にリーをなだめる。

だがリーはそんな様子には気づかず、その瞳は山の上の一点を見つめていた。

それで、ついに旦那様が口を挟んだのである。

「私に免じて許してやってくれ」と。

奥様の機嫌が損なわれたのではないかと恐怖しながらも、エリーザとニーナを庇うあたり、なかなかの漢である。

「へ？　許すって、何をですか？」

「え？　君は何を？」

「孤児院に行ってみたくて」

リーは震える二人の子どもににっこりと笑いかけた。

「あなたたちのおうちに私も案内してくれる？　外套なら大丈夫。縫えばいいだけだから。汚れたら洗えばいい、壊れたら直せばいい。簡単なことでしょう？」

リーの言葉に安心したエリーザはほっと息を吐き出した。そしてニーナは、転んだときに掴んだままだった外套から手を離す。ニーナが握っていたところにできた小さな皺を、リーはそっと撫でた。

「シルヴァスタイン夫人、と言うの」

リーは優しく淑女の礼をとった。スカートの端をそっとつまみ上げて膝を軽く曲げる、あの挨拶である。

「わたくしのことはそう呼んでね。そしてこちらが、旦那様のジュール・シルヴァスタイン」

そう言った声はどこか誇らしげだった。二人の少女は少し照れたように、リーをマネてスカートの裾を持ち上げる。

「シルヴァスタイン夫人」

高い二つの声に呼ばれ、リーは満足げに微笑んだ。

「彼女の名は、レティーシアだよ」

旦那様が横から優しく言い、リーは目を細めたまま小さく頷いた。その小さな頷きには、リーがすぐに名乗らなかった理由が表れていた。純粋な二組の耳に嘘を吹きこむことをためらったのだ。

「……なぜ、孤児院に行ってみようと？」

エリーザと手をつなぎ、ニーナを抱き上げて前を歩くリーに、旦那様が後ろから問いかけた。

「子どもたちが幸せに過ごしているか知りたくて」

リーの返答に軽く目を見開いて、旦那様はそれ以上何も尋ねなかった。

山頂の修道院に併設して設けられた孤児院ではたくさんの子どもたちが元気にのびのびと過ごしていた。太っている子はいないが、どの子もそこそこ肉付きがよく、笑顔に曇りは見られない。そんな様子を見てすっかり安心したリーは庭で遊ぶ子どもたちに花冠の作り方を教えたり走り回ったりと楽しく過ごした。靴で撥ね上げた泥でドレスの裾はすっかり汚れている。

リーの破けてしまった外套は、子どもたちの面倒をみている修道女が縫い合わせてくれることになり、それを待つ間にリーは子どもたちと遊んでいるのだ。

『汚れたら洗えばいい、壊れたら直せばいい』

旦那様は走り回るリーを眺めながら、庭の一角に用意された椅子に腰を下ろし、そうひとりごちた。

「本当にすっかり人が変わったようだな」

旦那様はそう言って、何か考え込むように唇を噛んだ。

「子どもが幸せに過ごしているか、か」

その静かな思考を遮って、明るい声が響く。

「旦那様！」

旦那様が顔を上げると、リーが何かを手に持って駆け寄って来ていた。

「どうしたんだい」

「これをどうぞ」

差し出されたのは、何やら不思議な色をした実のようなものである。

「甘くておいしいそうです。柔らかくてすぐにつぶれてしまうからあまり遠くへは運べなくて、この辺りでしか食べられないそうですけれど」

「そうか」

「はい！　皮を剥かずに食べられるそうなので、そのままかぶりついてみてください！」

そう言ってリーは楽しそうに笑う。

「かぶりつく？」

「ええ！」

旦那様はリーの笑顔に導かれ、そっと実に顔を寄せ、数回鼻をひくつかせて匂いを嗅いでから、決心したようにガブリとかぶりついた。中から赤い汁がじゅわりとあふれて滴る。それが服に垂れないように避けながら、旦那様はかぶりついた残りの半分を「君も食べるかい？」とリーに差し出す。しかし、リーは微笑んで首を振った。

リーの後ろには子どもたちがひかえ、心弾ませた様子で旦那様の一挙手一投足を見ている。その期待のこもったまなざしを向けられて、旦那様は残りも口に含み、もぐもぐと咀嚼した。

「おいしいですか？」

リーがわくわくした面持ちで尋ね、旦那様は頷(うなず)いた。喉(のど)をごくりと果物が通過し、子どもたちは互いに顔を見合わせながら旦那様を見守っている。

「旦那様？」

リーの問いかけに、旦那様が目で「なんだい」と答えた。

「笑ってください」

「え？」

「にっこりしてください」

「ああ、すまない」

仏頂面(ぶっちょうづら)をしていたというわけではないが、唐突な言葉に、自分の顔が険しいことを指摘されたと思った旦那様は慌てて笑顔を作った。

その途端である。

リーの後ろにひかえていた子どもたちが、キャーっという甲高い悲鳴を上げて散り散りに走り去った。

「えっ……」

自分の笑顔を見て子どもたちが逃げて行くのに衝撃を受けたのだろう。心に深い傷を負って狼狽(うろた)える旦那様にリーが笑いながら言った。

「汁が血に見えるんですよ」

果汁で口の中が真っ赤に染まっているのだ。

それこそ吸血鬼もかくや、というほどの血みどろぶりである。

リーの意図がわかった旦那様は呆れたように、しかし楽しそうに安堵の息を漏らした。

「謀ったな」

「えへへ。ごめんなさい」

リーは最初からこうなることをわかっていたらしい。いたずらっ子にでも唆され、旦那様に実を食べさせる役を仰せつかったというところだろう。

旦那様はひとしきり笑ったあと、庭中に散った子どもたちのほうを眺めて悪そうな笑みを浮かべた。

「うわぁ旦那様、そのお顔、怖いです」

「光栄だ」

旦那様は、上着を脱いでリーに預け、シャツのボタンをはずして肘の辺りまでまくり上げた。シャツにベスト姿になった旦那様は、端整な顔に狡猾な笑みを浮かべて舌なめずりをして見せる。それから両手を肩辺りの高さまで上げて身構えると子どもたちのほうへ駆け出した。

「キャー！」

血塗られた笑顔に追いかけられた子どもたちは叫びながら蜘蛛の子を散らすように駆け回る。旦那様は、野太い声を上げて子どもたちを追いかける。

リーは楽しそうに微笑んだあと、その視線を庭にそびえる大きな木に向けた。

リーが孤児院に来た理由はリーにもわからない。

ひょっとしたら、昔の自分を思い出したからかもしれなかった——

エピローグ　港町の夜

その夜、視察の日程を無事に終えた旦那様は宿の一室でひとり落ち着かなかった。

洞穴の中の熊みたいにうろうろと部屋中を歩き回ったかと思えば唐突に服を脱ぎ散らかして風呂に向かい、湯船に浸かって大きなため息をついてみたり、顔の下半分だけお湯にもぐってぶくぶくと息を吹いてみたり。意味のない行動を繰り返しては、悩ましげに何やら呟いている。

すでに夜の帳が下りた窓の外はとっぷりと暗く、虫の音もないこの季節には静けさに包まれるはずの窓の外が騒がしい。くぐもった悲鳴が断続的に聞こえ、それに続けて励ます声もする。

どうやら旦那様のそわそわの原因は、宿のどこかから聞こえてくるこの声にあるらしい。

体を洗うのもそこそこにさっさと風呂を飛び出した旦那様は体を拭き、厚手の夜着を着てその上からローブを重ね、暖炉の前を行ったり来たりしながら自分の拳で軽くこんこんと額を叩いた。

そこに闇を切り裂くするどい泣き声が響き渡り、部屋の外の喧騒は激しさを増す。

「生まれたか……！」

旦那様は肩で一つ、大きく息をした。

おぎゃーという泣き声は、命の誕生を知らせるものだ。

先ほどからわが子の誕生を待ちわびる父のようだが、もちろん生まれたのは旦那様の子どもではない。

旦那様が赤ん坊のために何かをしたというわけでもない。

強いて言うならば、妊婦さんを部屋まで運んであげたというくらいのものである。

奮闘したのはリーだ。

二人が無事に視察を終えて宿に到着すると、宿の主人は人のよさそうな笑顔で二人を迎え入れた。

「お待ちしておりました。旦那様、奥方様。お屋敷の執事の方からの先ぶれでお部屋を二つご用意するようにと言いつかっておりますので、二部屋の準備を整えてあります。どちらもすでに暖炉に火が入っていますし、お風呂の用意もできておりますので、どうぞごゆるりとおくつろぎください」と言われ、旦那様は深く頷いた。

ところがそこへ、男がひとり駆け込んで来たのだ。

足を踏み入れるなり「生まれちまう！」と叫んだ男の顔は興奮のせいか赤紫色になっていて、その男に手を引かれている女性は苦しそうに腹を抱えていた。

女性は産小屋へ行く途中で、予定よりも随分早く産気づいてしまったのだという。

「どこか部屋を貸してくれねぇか！」

男の悲壮な叫びに、宿の主人はオロオロしながら「すまないが、今夜は空き部屋は一つも……」と言った。夕刻を過ぎて宿の部屋はすべて埋まり、すでに客は皆各自の部屋でくつろいでいる時分だったのだ。

「それなら、私たちの部屋の一つを！」

いちはやく叫んだのは、リーだった。

「しかし……執事の方からはくれぐれも二部屋、用意してほしいと念を押されていまして……」

宿の主人はなおもオロオロとそう告げるが、リーはすうと息を吸いこんだ。

「そんなことはどうだっていいですから、早く！　早くお部屋へ案内してあげてください！　それから、清潔な毛布をたくさんとお湯を用意してください！　暖炉の薪も！　冷えたら大変です！　早く！」

ただでさえデカい声を力いっぱい張り上げる。おかげで、リーの真ん前に立っていた宿の主人は後ろに吹き飛ばされんばかりに背を反らし、ひぃぃっとよくわからない声を上げた。そして「わ、わかりました！」と言って重そうな体を揺らして「どうぞこちらへ！」と、苦しむ女性に声をかけた。

女性はもう手を動かすのもやっとという状態で、夫らしき小柄な男性に肩を借りてはいるがほとんど前に進めずにうめき声を上げる。

「私が運ぼう。ちょっと失礼します」

旦那様がずいと歩み出て、女性をすっと抱き上げた。すらりと背の高い旦那様が女性を横抱きにすると、なかなか絵になる。

「君は医者と産婆さんを呼んで来てくれ」

御者にそう声をかけて旦那様は女性を部屋まで運び、「あとはわたくしに！　旦那様はお部屋で！」というリーの怒鳴り声に追い出されて部屋を出た。そして、用意されていたもう一つの部屋でこうしてひとり落ち着かないときを過ごしていたのだ。

赤ん坊の泣き声に混じって笑い声が聞こえてくる。どうやらお産は無事に済んだらしい。

それなのに、旦那様のそわつきは収まる気配がない。それどころか赤ん坊の泣き声が聞こえてきたときから一段とひどくなり、暖炉を火かき棒でかき混ぜて火の粉を散らし絨毯を焦がしたり、突然暖炉脇のソファにどしんと腰を掛けて頭を抱えて掻きむしったりと、奇行が目立つようになった。

そろそろ旦那様の頭皮のダメージが深刻になりそうなころ、ようやく軽い足音が響いた。

「旦那様！　無事に生まれましたよ！」

高くてバカでかい声とともにリーがバーンと扉を開けて部屋に飛び込んでくる。

「元気な男の赤ちゃんでした！　予定より早かったので少し体が小さいですけど、きっと大丈夫だろうって来てくださったお医者様が！　お産で疲れているので今日はあの部屋でゆっくり休んでもらうことになりましたが、旦那様にお礼を言いたいとのことですから、明日お部屋に行きましょうね！」

リーは扉の前に仁王立ちになったまま興奮した様子で早口にまくしたてた。

「ああ……」

旦那様は頭を掻きむしっていた手を引きはがしてゆっくりとリーのほうに目をやり、茶色の瞳をゆっくりと見開く。

「血が……」

リーのドレスには血がついていた。そのままの姿で道を歩いたら皆ぎょっとするだろう。

リーは自分の服を前に引っ張って見下ろし、ああ、と呟いた。

「産婆さんが間に合わなくて私が赤ちゃんを取り上げたので、汚れてしまいました。着替えなくてはですね」

「ああ……」

旦那様は頷くとも傾げるとも判断のつかない微妙な角度で首を動かし「風呂に入ってゆっくり温まってくるといい」と言って風呂のほうを指した。

「湯を入れ替えておいたから」

そわそわしているばかりではなく、いつの間にかそんなことをしていたらしい。

リーは「ありがとうございます」と言って小部屋に向かい、ゆっくりとドアを閉めた。

途端に、旦那様が挙動不審になる。

先ほどから落ち着かないのはお産のことを心配していたわけではなかったらしい。

期せずして奥様と相部屋となってしまったという現実をまだ受け止めきれないようだ。

部屋に置かれたベッドに視線を投げてダメだダメだというように首を振ったり、風呂場へ続くドアを凝視して頭を抱えたりという行動から察するに、この御仁は迫りくる本能という名の欲求と戦っているのだ。

「手を出す気はない」とアルフレッドに宣言したとはいえ、旦那様はまだ若い男である。

それも、トマに野獣呼ばわりされるほどの溺愛っぷりであったにもかかわらず、もう長いこと奥様と閨(ねや)を共にしていないのだ。それなのに、今夜は奥様と同じ部屋で過ごすことになりそうだというのだから、旦那様がそわつくのも致し方ない。

さらに、もともとひとり部屋として用意された部屋だからベッドが絶妙に小さい。二人で並んでも眠れるが、お屋敷にある存在感満点のベッドとは比べ物にならないサイズだ。

それで、旦那様は「ああああっっ」と情けない声を上げながら天井を仰いだり、うつむいたり、額に汗を浮かべたりしている。

そんな旦那様の苦しい胸の内を知らないリーはのんきな様子で風呂場から出てきて、

「ほっかほかです！」と上機嫌。

髪の毛はしっとりと濡れて肌は上気し、昼間の馬車の中での出来事などほんの序の口だったと言えるくらいの色香を放っている。もちろん、無自覚という罪なおまけつきだ。

「私も、いいですか？」

返事も聞かずに旦那様が座っている二人掛けのソファにひょいと腰を落とし、暖炉の火にあたりながら長い髪の毛を乾かす仕草に旦那様はもはや言葉を失っている。

リーのその姿を目に焼きつけておきたいのか、それとも目に入らないようにしたいのか。そこのところが旦那様自身にもわからなくなっているようで、凝視したり目を逸らしたり不自然極まりない行動を繰り返し、茶色い瞳を縁どる白目はひかえめにいって充血、正確にいえば血走っている状態だった。

「……お産に立ち会ったのははじめてではないのかい？」

気を紛らわせようと、旦那様が暖炉の火を睨みつけながら言った。

「ええ」

貧しい人々は自宅や、最悪の場合には路上で産むこともあるから、リーはそういう場面に出くわしたことがあるのだろう。

「君がとても落ち着いていたので驚いたよ。彼らは運がよかった。君がいなかったらどうなっていたことか」

「ええ、本当によかったです」

「昼間も思ったのだが……君はその……子どもが好きなのかい？」

「はい、大好きですよ」

旦那様は一瞬火から目を離してリーを見やった。

「……そうだったのか。むしろ……嫌いなのかと思っていたよ。その……君はずっと、子どもを望んでいなかったから」

　今度はリーがすっと顔を伏せた。そしてしばらく考え込んだあと、ゆっくりと言った。

「大好きですけど、その……旦那様と二人でいたかったものですから……」

　上手い言いわけだが、その絶妙さは逆に旦那様にとっては状況を悪くするものでしかなかった。無意識に広がってしまった腕をしまうのに苦心して、体の横で肩をぎゅっと縮める。反射的に奥様を抱きしめたくなってしまったらしい。

　抱きしめてしまったが最後、もう箍が外れてしまいそうな様子だ。

「旦那様は子どもがお好きですか？」

「ああ。好きだよ。私も三人兄弟だったし、三人以上は欲しいと思っているくらいだ。家族は多いほうが楽しいからね」

「家族……そう、ですね」

　リーは下唇をわずかに口の中へ巻き込んで目をきょろりと動かしながら頷き、頭を拭いていた布をずらしてそこへ顔を隠した。

　途端に二人の間に沈黙が流れ、暖炉の薪の燃えるぱちぱちという音だけが部屋に響く。

「あ」

リーが突然声を上げた。

ゆるっとした夜着は前で交差させて腰紐でとめるタイプのもので、細かいことを気にしない娘が着るには少しルーズすぎる代物だ。髪を乾かそうと腕を上げて頭を拭いているうちに腰紐が緩み、胸元がはだけてしまっていた。

リーは腰紐を結びなおそうと不器用な手つきでそれをほどく。だが、悪戦苦闘しているうちに胸元のはだけ具合はひどくなった。

「むむっ」

リーは苛だった声を出す。

その声に誘われるようにリーの胸元に視線を向けた旦那様は一瞬目を剥いたあと、無言で素早く腕を伸ばしてリーの両の襟を掴むとぐいとそれを中央に寄せ、腰紐を引っ掴んでぎゅーと結んだ。

リーが思わずぐえっとなるくらいにきっちりと閉められた襟元が上気した肌を覆い隠したことを確認し、旦那様はふぅっと小さくため息をつく。

「ありがとうございます、旦那様」

リーは無邪気に笑い、旦那様は目を閉じた。

「……旦那様？　どうかしたんですか？」

「いや、なんでもないよ」

「でも、瞼がぷるぷるしていますよ？」

　思いきり力を込めて目を閉じているせいか、瞼にはうっすらと細い血管が浮き、細かく震えていた。

「いや、本当になんでもないから……」

「本当ですか？」

　リーはずいと体を寄せ、旦那様の顔をじっと観察した。

　目を閉じてはいるが、リーが身を寄せたことに気づいた旦那様はついに耐え切れなくなり、ひらりと身を反転させてソファから立ち上がる。

「旦那様？」

　リーはわけがわからない様子で旦那様を見上げた。

　旦那様はリーに背を向けたまま、額のほうから手を差し込むようにして自分の髪の毛をぐいと掻き上げ、「君はベッドで眠るといい。私は今夜はここで眠るから」と言ってソファを指し示した。

「ソファがお好きなんですか？」

　リーは首を傾げた。

「ああ、ああ、いや、実はそうなんだ」

もはや理由なんてなんだっていいのだろう。リーの言葉がちゃんと耳に届いているのかすら怪しい。

「でも、旦那様だとはみ出してしまいますよ？　細長いから」

人間を細長いと表現するのが適切かどうかはともかくとして、たしかに二人がけのソファに横たわるには旦那様は長身すぎる。

「うん。ああ、そうだね。だけどその、足がはみ出しても別に平気だし……」

「でも、木枠に足が乗ると痛いのでは？」

「平気だ。それが好きなんだよ」

「痛いのが、ですか？」

リーは自分の肩を抱きこむように押さえて身を震わせた。

「まさかそういう好みがあったとは知りませんでした」

リーの脳内ではすっかり、旦那様は被虐（ひぎゃく）趣味の人になっているらしい。

「いや、いや、そうじゃなく……こう、足がはみ出す感覚がね。なんというか……その、こう、ワイルドな感じが」

苦しい言いわけである。リーの華麗な大ぼらを見習ってほしいくらいだ。

「変わった趣味ですね」

「……そうだね」

旦那様は疲れた表情で頷いた。言いわけが苦しすぎるのは自分でもわかっているのだ。

「でも、それならどうしてお屋敷ではベッドでお休みに？」

旦那様の意図など汲み取れるはずもないリーは、首を斜めに傾げ、ぽかんとした表情で尋ねた。

「アルフレッドがうるさいからね。ベッドで眠れと」

「どうしてベッドで？」

「ほら、ソファは体によくないから。風邪をひくかもしれないし、体が伸びないし、とね」

リーはちょこんと首を戻した。

「ソファは体によくなくて、風邪をひくかもしれなくて、体が伸びないんですよね？」

旦那様は途端にしまった、という顔をしたが、もう遅い。

「つまり、ベッドでお休みになったほうがよいということですよね？」

面倒なことはすべて「へぇ、そう」ですませてしまう鈍感娘のくせに、こんなときだけ的確なツッコミを繰り出す。

「いやその……君と一緒にそのベッドで眠るわけには……ベッドが少し小さすぎるようだし……」

旦那様は観念したようにベッドを見やってそう言ったが、これは逆効果だった。リーはリスのように首を動かしてからひょいと立ち上がって、ベッドに飛び乗り、自分の隣のスペースをパシパシと叩いた。

「充分ですよ！　ほら。二人でくっついて眠れば足りますよ！　大丈夫ですよ！」

くっついて眠るのが大問題だから、旦那様は渋っているのだ。大丈夫なわけがない。

「あ、もしかして、のんびりひとりでお休みになりたいですか？　うーん困ったなぁ、あ、それではわたくしがソファで眠りましょうか！　わたくしのほうが体も小さいですし、座ったまま眠るのも得意ですし、体を縮めて眠るのも苦になりませんから！　どんな体勢でもぐっすり眠れるんです！　そうしましょう！」

路上の子だったリーにとってはソファで眠るなんて楽勝だろう。

「あれ、旦那様。そんな顔をして、どうなさったんですか？」

そんな顔とは、げっそり顔のことだ。

「……いや、いいよ。わかった。二人で眠ろう」

「でも狭いって……」

「いや、さっきまでのは忘れてくれ」

旦那様は軽く頭を振った。

「はい！」

リーは背筋をぴんと伸ばして敬礼をする。

あまりにも威勢のいい返事に旦那様は目を剥（む）いた。

普通、「忘れてくれ」と言われて「はい」と答える奴はいない。

通常ならもう少し食い下がるか、せめて渋々納得するものじゃないのか。そこであっさり「はい！」とは、どういうことだ。

忘れてくれとは言ったものの、こんなにあっさり引き下がるとは思ってなかったのだろう。旦那様は三度ほど瞬（まばた）きをしたあと、「ああ、そうしてくれたまえ」と言ってよろよろと歩き出した。

「ちょっと外に出て風に当たって来るよ。君は寝ていていいよ。疲れただろう」

バルコニーに面したドアに手をかけて振り返った旦那様はそう言った。夜風に当たりたいというのは無論、ひとりにしてくれということである。

だが、リーはぴょんとベッドから下りてちょこちょこと足早に旦那様のほうへ向かった。

「私も風に当たりたいです！」

純真な笑顔に見上げられては、旦那様に逆らうすべはない。

「……その服では寒いから毛布を羽織っておいで」

「はい！」

子どもと保護者のような会話を交わしてから、二人はバルコニーに出た。ひやりと冷たい空気が二人を包み、リーは口の前に手をやってほぅと小さく息を吐く。旦那様はバルコニーの柵に両腕を突き、腕で体重を支えるように柵によりかかった。

「息が白いです！」

「そうだね。寒くはない？」

「はい！　毛布が暖かいから平気です」

「そうか」

旦那様はリーの肩にかかった毛布をずいと引き上げ、リーの頭まですっぽりと包み込んだ。

「こうしておきなさい。風邪をひいてしまう」

「体は丈夫ですから」

「またそんなことを」

トマの旦那様除け(よ)カレンダーのせいで頭痛やら腹痛やらと色々な理由がでっちあげられたので、すっかり虚弱奥様という認識が屋敷中に染みついているのだ。

「あのオレンジ色の光はなんですか？」

海の上に輝くいくつもの光を見つけて、リーは旦那様に尋ねた。

「あれは漁火(いさりび)って言うんだよ」

「いさりび？」

「そう、いさりび。漁に出た舟の灯り(あか)だよ」

「夜に漁をするんですか？」

「夜のほうが活発になる魚もいるからね。灯りを餌(えさ)だと思って舟に寄って来るんだ」

「きれいですね」

海の上をゆらゆらゆらゆらと揺らぐ火をその瞳に映しこんで、リーは囁(ささや)くように言った。

「そうだね」

旦那様はじっとその光を見つめた。茶色い瞳にいくつもの漁火が反射する。

「……だけど、あそこは戦場でもある」

「戦場？」

「そう。命と命のぶつかり合う場所なんだ」

「あの、漁火が、ですか？」

「うん。灯りに寄って来た魚は捕まれば人間に食べられる。だから必死に逃げようとするだろう？」

「そうですね」

「そして人間は、必死にそれを捕まえようとする。彼らも生活が懸かっているからね。捕まえた魚を食べるにしろ、売ってお金に替えるにしろ。だから、あそこは命と命がぶつかり合っている戦場なんだ」

「……いのち」

「ああ」

リーはじっと漁火を見つめて、ぽつりと言った。

「さっき生まれたての赤ちゃんを見たときにも思いましたけど、命って不思議ですね」

それは海に浮かぶ火のように美しく、力強い。それでいて繊細で、波の間に危なっかしく揺れるのだ。

旦那様も漁火を見つめながら答える。

「そうだね。それが出会って一組の夫婦としてここにいるのも、奇跡なのだろうね」

リーはその言葉には答えずに、小さくすぼめた口からふーっと細く長い息を吐いた。白いもやがたち上る。その白いもやは、夫婦と呼ぶにはあまりにもおぼろげな二人を包み込み、ふわりと踊って闇に消えた。

「旦那様も、お体が冷えますよ？」

リーは自分の体をすっぽりと覆っていた毛布の端を持って広げると、片方の腕を伸ばして旦那様の肩にそっと掛けた。

「ああ、いけない。今度は君の肩がはみ出てしまっているよ」

二人を包み込むには少し小さいその毛布を、旦那様はリーのほうへ引っ張り戻す。

「でも、そうしたら旦那様が……」

リーは心配そうに言って、それから何か思いついたようににっこりと笑った。

「よいことを考えました！」

言うが早いか、リーはバルコニーの手すりについた旦那様の両腕の間にするりと入り込む。

「これなら毛布が足りますよ！」

旦那様の腕の中に囲われたリーは、背中をぴったりと旦那様の胸元にくっつけてへへっと笑う。旦那様はその瞬間に息を呑み、自分の目の前でふわりと揺れるリーの髪の毛にくすぐられた顎をもごもごと動かし、諦めたように一つ小さく息をついた。

旦那様は黙ったまま自分の体とリーの体を覆うように毛布を肩から掛け、一枚の毛布にくるまれた二人は寄り添って静かに海を見つめる。

「やっぱり、くっついてると暖かいですね」

そう言ったリーを旦那様が背後から柔らかく抱きしめ、その感触を味わうようにぎゅっと目を閉じる。

そしてぽつりと言った。

「まいったな」

「え?」

「なんといえばいいのか……」

リーは首を大きく反らして旦那様の顔を覗き込もうと頑張りながら、次の言葉を待っている。

「不思議なんだ。とても幸せなのに、胸が詰まるようなこの感覚が。その笑顔を守るために私に何かできるのだろうか」

「笑顔、ですか?」

「君の笑顔のために私にできることがあればなんだってしてやりたいと、そう思うのに。

できることなど何もないような気がしてね」

「なんだ！　そんなことですか！　簡単ですよ」

リーはにぱっと笑った。

「本当に？」

「はい」

「どうすれば？」

旦那様の掠れた囁きにリーは瞳を輝かせた。

「旦那様が笑っていてください」

「私が……？」

「そうです。簡単でしょう？　旦那様が疲れきって目の下を真っ黒にしていたら、ちょっと心配になります。だから、ちゃんとたくさん寝て、たくさん食べて、たくさん笑っていてください」

「……それだけで君は笑ってくれるのかい？」

「はい！　傍にいる人が笑っていたら、皆笑うんですよ！」

そのとき茶色い瞳が大きく揺れたことに、この娘は気づいただろうか。

そして二人は気づいていただろうか。互いの笑顔を望むその感情が、どれほど特別でどれほど尊いものか。幸せなのに胸が詰まる感情を、愛と呼ぶのだということに。

「そんなに簡単なことだったなんて……」

「そうですよ！」

「私はいったい今まで何をしていたのだろうな。遠回りばかりしていたような気がするよ」

奥様の愛読書をこっそり読んでヒーロー役のマネなんかするから、ややこしいことになるのである。

それを自覚したのだろう。旦那様は眉根を寄せ、自嘲の笑みをこぼした。

けれどその言葉を聞いて、リーはやっぱり笑うのだ。屈託もなく。

「道草もいいものですよ。今日も羊のところでのんびりしすぎたせいで、ちょっとそのあとがあわただしくなりましたけど、すぅごく楽しかったですから。だから道草もいいなって」

「レティーシア」

旦那様は海を見つめて静かに言った。

「なんですか？」

「君は、私のことをどう思っている？」

唐突な問いにリーは目を瞬いた。

それから満天の星空を見上げてんーっと少し考え、「優しいと思います！」と言った。

「それに、かっこいいです！　さっき妊婦さんを運んでいたときもすごくかっこよかったです！　あとは、物知りで、それに……」

「ああ、いや、そういうことではなくて……その、君の私に対する感情のことだよ。嫌いとか、ふつうとか……そういった」

好きとか、という言葉を口にする勇気はなかったらしい。

答えを待つ旦那様は自分の発した言葉をすでに後悔し、眉間に深い皺を刻み、目を閉じた。

「嫌い？」

どうして？　という表情で聞き返してリーは力強く言った。

「真逆ですよ！　大好きです！」

その言葉に旦那様は目をパッと開いて視線を落とし、まっすぐにリーを見つめた。

リーは首を大きく反らしているので、リーが見上げ、旦那様が見下ろす形で二人の視線が交わる。

「……それは本当に？」

「もちろんですよ！　そんな嘘をついたりしません。旦那様を嫌う理由なんてないです。大好きです！」

旦那様は、笑顔とも泣き顔ともつかない表情で言った。

「私も君を愛しているよ」

リーはくすぐったそうに微笑（ほほえ）んで、一度ゆっくりと目を瞬いた。旦那様を見つめる真（ま）ん丸（まる）い瞳はガラス玉のように透き通っている。

旦那様は自分の顔の真下にあるリーの額を柔らかく撫（な）でた。眉の下で切りそろえられた前髪がふわりと持ち上がり、艶（つや）やかな肌が覗（のぞ）く。

「君は本当に……」

旦那様はそう言って、一瞬喉（のど）の奥でぐっと言葉を詰まらせた。

そして言葉の代わりに、リーの額に優しい口づけを落とす。

リーは驚いたような表情を見せ、「えへへ」と照れて笑った。

「全く、今まで以上に君を手放せなくなってしまいそうだ」

旦那様は小さくそう言い、ふっと微笑んだ。

「レティーシア、少し肩が冷えてきたようだ。中に入ろうか。明日も早いし、そろそろ休まなくては」

旦那様はリーから離れ、気持ちを落ち着けるように空を見上げて一つ深呼吸をした。

そして部屋の中へ戻っていく。

旦那様に続いて部屋に入ろうとしたリーは、振り返ってもう一度海を見つめた。

そして小さな手を額に当て、幽かな声で呟く。

「おでこ……あつい」

そう言ってぎゅっと胸の辺りを押さえる。

「胸がドキドキする」

「レティーシア？　どうかしたかい？」

部屋の中からかけられた旦那様の声に笑顔で首を振り、リーは夜空を見上げた。

「いいのかなぁ、こんなに幸せで。替え玉って本当に、随分といいご身分！」

リーのひそやかな声は夜の澄んだ空気に吸い込まれて消えてゆく。

満天の星が、二人を優しく見下ろしていた。

書き下ろし番外編

あたしはずっと、あそこにいた

トマのもとに実家からの手紙が届く、ほんの少し前のこと。

「奥様？」

トマはバルコニーを覗き、ほっとした表情をみせた。

「こちらにいらっしゃったのですね。お姿が見えないので、探しておりました」

トマが仕事で少し部屋を離れた隙に、リーがいなくなっていた。どこに行ったのかと気を揉んであちこち見て回って戻ってみたら、部屋の窓の外に立っていたというわけだ。

トマの視線の先には、広いバルコニーで雪の中にたたずむリーの姿がある。ちらちらと降る雪が昼の陽を浴びてキラキラと輝く中で、両手を広げて空を見上げている。

「一体、こちらで何を？」

「雪の中にいたの」

そう言ってリーは一度肩を震わせ、トマのいる窓のほうへ足を踏み出した。その拍子にドレスの裾から覗いた足を見て、トマが悲鳴を上げる。

「奥様ッ！　はだしじゃありませんか！　雪の中で！」

冷えてすっかり赤くなった足を見下ろして、リーは微笑んだ。

「足の感覚がないから、なんか浮いてるみたい」

まったく答えになっていない答えを放ちながら、リーはのんびりと歩いてトマのもとへと向かう。トマは身を引いてリーを部屋の中に迎え入れ、肩や髪についた雪を払いながら慌ただしく言った。

「お湯を沸かしますから、こちらに座って足を拭いていてくださいまし！」

すぐに部屋を駆けだして行き、ほどなくして鍋を持って戻って来た。後ろには、大きなたらいを持った女中のミルドレッドをしたがえている。

「さぁ、お湯を沸かしてまいりましたよ。このたらいにお湯をはりますから、足をつけてください」

トマは言いながら鍋のお湯をザパッとたらいに移した。たらいから一気に湯気が立ち上る。ミルドレッドを下がらせ、トマはずりずりとたらいを押してリーの足元に移動させた。

その間リーは無言で椅子に腰かけ、足の指をぎゅっと縮めたり開いたりしながら、じっと足先を見つめていた。冷えてすっかり赤くなった足の指は思うように動かないらしく、もどかしそうに眉を動かす。

トマは湯に手を入れて熱すぎないことを確認してから、そっとリーの足を湯につけた。

「熱すぎませんか？」

「うん、ダイジョブだよ。あったかくてちょっと痛いけど」

「辛抱してくださいませ。まったく、奥様は頭痛で臥せっていることになっておりますのに。あんなところで」

「でも、頭なんて痛くないし」

頭痛はトマの言い訳リストの内の一つで、実際リーはピンピンしている。「あたし、頭痛くなるほど頭使ってないもん」と。

「まぁ、頭痛の件はそうですが……バルコニーにいるところをアルフレッド様に見られでもしたら、また何を言われるか。あそこで何をしていらっしゃったのですか？」

トマの問いに、リーはのんびりと答える。

「立ってたの」

「まぁ、座っていなかったことは見て知っております」

「雪の中に立ってたの」

「それも見ればわかります。一体なんのために？」

「うーん、冷たさを忘れちゃいそうだったから」

トマはリーを見上げた。

「どういうことですか？」

「雪の冷たさをさ、忘れちゃいそうで。忘れちゃいけないかなって」

リーはそう言いながら窓の外に目をやった。

「だってね。あたしはずっと、あそこにいたんだよ」

「バルコニーにですか？」

「ううん。違うよ。雪の中に」


それはまだリーが街にいたころ。

冬には毎年雪が降り、積もった雪が人々の歩みを遅くする。その年も同じように厚く積もった雪の中を、リーはひとり歩いていた。雲間からそっと覗く月が雪の上に銀色の筋を描いている。その筋の中を、一歩一歩――。別になにものんびりと歩こうとしているのではない。深い雪のせいで早く歩けないのだ。

「ふう、つめたい」

小さく呟いた声が闇の中に白く散った。

呟いた拍子にぐぅぅ、と腹の虫が暴れるが、リーは無視して雪の中を歩き続けた。この寒さのせいで、鼻も耳もすっかり赤くなっている。

ぎゅ、ぎゅ、と小さな足の下で雪の軋む音がする。そうしてできたはだしの足跡も、降りしきる雪ですぐに覆い隠されて消えてしまう。

すでに街は暗く、家々の窓から漏れるささやかな灯りのほかには、月と星の光だけしかない。

雪に足を取られたリーの体がずる、と前へ倒れた。雪のおかげで痛みはなくとも、体は一層冷えたことだろう。「ふぉぉう」と情けない声を上げながら体を起こし、雪を払いのける。だが払っても払っても、空から落ちてくる雪のせいで、髪も服もすでにびっしょりと濡れている。

しばらく歩いていると、リーの姿を見つけた街の女性が窓から顔を出して問いかけた。

「リー、どうだった？　教会で食べもの、もらえたかい？」

リーは首を横に振って答えた。

「ううん。ちょうど、あたしの前の人で終わりだった」

「そうか。そりゃ残念だったねぇ」

「うん。でも、昨日食べたからダイジョブ」

「そうかい。何か分けてあげられればいいけど、うちも精一杯だからねぇ。すまないね」

「ううん。ありがとう。気持ちだけで十分」

どの人も自分と家族を養うので精一杯だ。リーもそれをわかっているから、にっこりと笑ってみせた。ぐぅ、とまたその腹がなる。

「今度は少し早めに並んでみる」

「うん。そうするといいかもね」

「じゃあ、おやすみ」

リーはかじかんだ手に息を吹きかけ、女性に小さく手を振った。

ぴううう、とひときわ強い風が道を通り抜け、リーは痩せた体を縮めて震えながら風の来たほうをじっと見つめた。

「あっちは、あったかいんだろうなぁ」

丘の上には大きな屋敷が立っている。こんもりとした木々に覆われているが、それでも暖かそうな橙（だいだい）の光が木々の隙間からわずかに漏れて見える。

遠い光を見つめ、リーはふぅっと息を吐きだした。やはり白いそれの向こうに、お屋敷の屋根がかすんで見えた。

「あのころは寒くて、寒くて、寒くて。『寒い』以外のこと、考えられなかった」

そう言いながらリーは緑色の瞳を動かした。トマはじっとリーを見つめる。

「……街にいらっしゃったころですね」

「うん」

リーは頷き、お湯から片足を出した。その足を、トマがふかふかの布で包んでそっと拭く。

「足がどんなに冷えても、お湯なんかどこにもなかったからね。手でこすって温めようって頑張ってみたり、薄い毛布にくるまってみたり。『寒い』と『お腹空いた』以外、何も考えなかった。ここで毎日こうやって暖かく生きてたら、あのころのことを忘れちゃいそうだなぁと思って」

「……そうでしたか」

肩の上で融けかけている雪をそっと払って、リーはトマを見上げた。

「でも、やっぱりあのころとは違ったな。雪の中に立ってても、すぐ傍に暖かい部屋と暖炉があるってわかってるし。今日の夕ご飯は何かなぁとか、そんなことを考えてた。それって幸せなことだなって」

「……ええ、そうですね」

すっかり乾いた足に靴下と靴を履かせて、トマは立ち上がる。

「あたしには、難しいことはわからないけど」

「ええ」

「このお屋敷には、毛布も蝋燭も食べ物も、たくさんあるのにね」

リーは赤く燃える暖炉の火を見ながら言った。旦那様は堅実な人で、領主という地位の割には質素な生活を好むほうだった。それでも、薄い布切れ一枚を身につけてはだしで歩く少女よりは、暖かく、腹の満たされる生活をしている。

「あの蝋燭をもらったら、あのころのあたしだったら、きっと飛び上がって喜ぶよ」

暖炉のマントルピースの上に置かれた立派なキャンドルスタンドを見ながら、リーが静かに言った。

「いい考えかもしれませんね」

「ん？　何が？」

「蝋燭をもらったら、というお話です。余っているものや使わなくなったものを教会へ持って行って、食糧の配給と一緒に分けてもらうようにするといいかもしれません。毛布も……お客様がいらしたときのために置いておかなくてはなりませんが、古いものならいくらかあげられるものがあるでしょう」

「トマさん、それって、すごくいいね！」

トマはリーに向かって微笑んだ。

「旦那様にお聞きになってみてはいかがですか？　奥様からのご相談なら、きっときちんと考えてくださいますよ。それに私達よりも、いい案をお持ちかもしれませんし」

「そうかな？」

「ええ」

「じゃあ、話してみる！」

「それがいいですね」

奥様を溺愛している旦那様を動かすには奥様から説得させるのが一番。そんなトマの判断は誤っていなかった。トマの誤りは、リーから旦那様にまともに話が伝わると信じてしまったところである。

「旦那様、蝋燭をいただきたいのですが」

夕食の席で唐突に切り出された旦那様はすぐさま立ち上がって近くのキャンドルスタンドを持ち上げ、リーのもとへと馳せ参じる。むろん、蝋燭には火が灯されている。急に蝋燭が欲しいと言われたら、目についた最も近い蝋燭を渡したくなる気持ちはわからんでもない。が、いかんせん動きが俊敏すぎる。

椅子から立ち上がってキャンドルスタンドに手を伸ばし、それを掴んで引き寄せてリーの横に跪くまで、おそらく一秒と経っていない。ずっしりと重厚感のあるスタンドは、真ん中に一本、それを取り囲むように四本、計五本の蝋燭を立てられるようになっている。五本のいずれにも火が灯されていたが、先ほどの旦那様の素早い動きのせいで二本は消えてしまった。

「この蝋燭でいいかい！　愛しいレティーシア！」

「ええ、旦那様。その蝋燭でもいいです」

別にどの蝋燭だっていい。が、肝心なのは用途である。リーが今必要としているのではなく、教会に持って行きたいのだ。それを伝えていないものだから、旦那様はわけがわからないまま蝋燭を差し出す羽目になっている。

だが残念ながら、この場にはツッコミを入れられるトマがいない。女中に呼ばれて少しの間リーの傍を離れてしまった。そのため、珍妙な図は珍妙なまま、誰に訂正されることもなく使用人たちに見守られている。

「ありがとうございます、旦那様」

リーは旦那様に向かってにっこりと微笑んだ。その笑顔に見とれる旦那様の手元では、蝋燭の火が危なっかしく揺れている。

「でもこれだけでは足りないので、もう少したくさん欲しいのですが」

「もっとかい？　どれくらい必要なんだい？」

大事な妻の望みとあらば、と鼻息を荒くする旦那様の傍に、そっと執事が歩み寄った。

「……旦那様、テーブルを燃やそうとしておられるのでなければ、そのキャンドルスタンドは一旦私がお預かりいたしましょう」

執事はそっとキャンドルスタンドを奪い取って食卓の上に戻した。旦那様はというと、跪いたまま奥様もといリーを見つめている。

「できるだけたくさん欲しいのですが」

「できるだけたくさんだね！　わかった！　屋敷中の蝋燭を集めよう！」

「ありがとうございます！」

「ちなみに、何に使うのか聞いてもいいかな？」

「火をつけるのです！」

蝋燭なのだから、そんなことはわかりきっている。食堂にいた誰もがそう思ったに違いない。しかし、旦那様は大きく頷いた。

「そうか、火をつけるのだね！」

「ええ。『寒い』以外のことを考えられるように」

「寒い……？」

旦那様の問いに、リーは頷いた。

「明日のことでも、明後日のことでも、もう少し先のことでも。『寒い』以外のことを考えられるのは幸せなことだと思うのです」

断片的な言葉から、旦那様は何かを感じ取ったらしい。

さらに、戻って来たトマが二言三言付け加えると、旦那様は大きく頷いて叫んだ。

「可愛いレティーシアの心の美しさに、私はもはやひれ伏すしかないよ！」

本気でひれ伏そうとしたところを執事に止められ、椅子に戻って食事を済ませるころには、毛布や蝋燭を寄付する算段がすっかりでき上がっていた。

お屋敷で使う蝋燭をできるだけ減らして寄付へと回したおかげで、お屋敷は例年より暗かった。そしてその分、街が例年よりも明るかった。

お屋敷から街を見下ろしたリーの「明日の朝ご飯は何かなぁ」という呟きが、白く白く立ちのぼった。

このコンビニ、普通じゃない!?
榎木ユウ
Yu Enoki
異世界コンビニ
Convenience Store Fanfare Mart Purunascia
1・2
コンビニごとトリップしたら、一体どうなる!?
大学時代から近所のコンビニで働いている、23歳の奏楽（ソラ）。今日も元気にお仕事——のはずが、なんと異世界の店舗に異動になってしまった!?　と言っても勤務形態は変わらず、実家からの通勤もOK、加えて時給がぐんと上がることを知り、働き続けることに。そんな異世界コンビニにやって来るお客様は、王子や姫、騎士などクセ者ぞろいで……？
異色のお仕事ファンタジー開幕！
異世界コンビニ
1
異世界コンビニ
2
アルバイトのはずが…異世界で店長に昇格!?

本書は、2015年9月当社より単行本として刊行されたものに書き下ろしを加えて文庫化したものです。

レジーナ文庫

軽(かる)い気持(きも)ちで替(か)え玉(だま)になったらとんでもない夫(おっと)がついてきた。1

奏多悠香(かなたはるか)

2017年 2月20日初版発行

文庫編集－西澤英美・塙綾子
発行者－梶本雄介
発行所－株式会社アルファポリス
〒150-6005 東京都渋谷区恵比寿4-20-3 恵比寿ｶﾞｰﾃﾞﾝﾌﾟﾚｲｽﾀﾜｰ5階
TEL 03-6277-1601（営業） 03-6277-1602（編集）
URL http://www.alphapolis.co.jp/
発売元－株式会社星雲社
〒112-0005東京都文京区水道1-3-30
TEL 03-3868-3275
装丁・本文イラスト－みくに紘真
装丁デザイン－ansyyqdesign
印刷－株式会社廣済堂

価格はカバーに表示されてあります。
落丁乱丁の場合はアルファポリスまでご連絡ください。
送料は小社負担でお取り替えします。

ISBN978-4-434-22890-2 C0193